文芸社セレクション

猫は災いの元

兎月　ぼたん

UZUKI Botan

JN106969

文芸社

もくじ

猫は災いの元

一、猫に抗えない男

『ねぇ、お皿に盛ったら気づかにゃいとでも思った？　またこれ、安いやつよね。これは毬子《まりこ》の舌には合わにゃいの！　もう、冗談じゃにゃいわ。引っ掻くわよ？　噛み付いてやったっていいんだから。こんなところ、その気ににゃればいつでも出て行けるんだからね！』

ニャンニャンミャンミャンまくし立て、睨みをきかせた毬子は、皿を全力でひっくり返す。テコの原理でサバが宙を舞う。

空飛ぶサバを目で追いながら、

「そんなことされたってさ、ねぇ毬子ちゃん。そんなに食費にかけるお金は——」

男は落ち着いた口調で言い返すが、

『じゃあ今日の占い代はどうしたのよ。新しいバイトにも協力してあげたでしょ？　毬子の分け前はにゃいっていうの？』

彼女の不満は払拭されない。

又田日町《またたびちょう》の東に位置する古びた小さなアパートは、目から鱗の破格の値段にもかかわらず、現在、四部屋中二部屋が空き家だという。それだけでも充分怪しいが、つい最近までは三部屋も空き家だった。新たな住民が来るまで、この建物には彼と彼女の一人と一匹きりだったのだ。

これはどう考えてもおかしい。昔ここで何かあったのだろうか。殺人だろうか、自殺だろうか。気にはなるが、怖くてまだ聞けていない。

流石に一人で住む勇気はないが、菊池理央《きくちりお》には毯子がいる。大学には程よく近いし、なにより、出費を最小限にしたい彼らにとって都合がいい部屋に変わりはないのだ。

家具はというと、昔友人がくれたお古のソファに、これまた貰い物の低いテーブルが一つだ。今は質素なテーブルだが、もう少しすればコタツになる。

せめて床は綺麗に保とうとさっき掃除を終えたばかりだったが、再びしゃがみ込みティッシュを鷲摑みにした。これだからカーペットが敷けない。

「可愛い顔をしてるくせに、毯子は暴力的だなぁ。ギャップで可愛いとも思うけど、やっぱりもっとおしとやかに――」

話をそらさなくては。彼にはわかる、彼女が不当な無賃労働について訴えているということが。わざとらしく「可愛い」という部分を強調し、畳み掛けるように頭も体もわしゃわしゃと撫でる。これで彼女も満足だろう。いつもそうだ。彼の経験が語る。

褒めて撫でて褒めて撫でれば問題なし！

しかし、

『その手にはのらにゃいわ！』

毬子はペシッと理央の手を払うと、

『言うことを聞かにゃい奴にはこうよ！』

今度は空になった皿をテーブルから落とされた。

あーあ、だめか。

だが、ここで引き下がってはいけない。これからの生活にも関わる問題だ。しっかりと、しかも彼女にも分かるように、ちゃんと教え込まなければならない。彼は慎重に語りかけた。

「だってさ、よく考えてごらん。確かに、今日の占いはうまくいったよ。でも、ちょっと稼いだだけですぐ使っちゃえば、殖《ふ》えるものも殖えないじゃん。つまり、しばらくこっちのサバで我慢すれば、貯金を元手に大きな商売ができるんだ。毬子の好きな高い方のサバもそのうち食べ放題になるよ！」

　空のサバ缶を二つ掲げながら猫相手に熱く語る。しかし、生憎彼女は興味がないようだ。プイッと横を向く。ついでに大きな欠伸《あくび》もつけ加えた。理央はそんな彼女の態度に開いた口が塞がらない。

　なんて自分本位な子なんだ。こんなにも優しく説明してあげているというのに、心臓に毛とはこのことか。

「う、うわ！　そういうことするんだ！　どんなことしても捨てられないって思ってるんでしょ！　こんな紳士な俺でも流石に怒るよ？　猫ちゃんにはわからないだろうけど、俺って君が思う以上にイケメンなんだからね？　外に出たらモテモテだから。こんな扱いするのは毬子ぐらいだよ……。ほら、ちゃんと聞いてますかー？」

　彼女の顔をこちらに向けて、ムギュッと縦に潰した。顔が横に伸び、大きな瞳が狐の目のように細くなる。こうなったら、自分の立場をはっきりさせてやろうじゃないか。

「だから毬子ちゃん、わかるかい？　俺がご主人様とは言わないよ。俺たちには同等の権利がある。君は一方的にいいとこ取りしようと考えているかもしれないけど、そうはいかないよ。俺が君を養うかわりに、君は癒しを提供しなきゃ。こうゆう時はギブアンドテイクって言うでしょ？　ね？」

真剣に語りかけた。もちろん返事はない。心に響いてくれただろうか。

しばらくお互い無言だったが、沈黙は彼のふふっという笑いによって破られた。毬子の顔が彼の両手によって、そのなんとも言えない表情のまま固まっていたためである。

「ヴウウゥ」

毬子はくぐもった声を出す。馬鹿にされたことを察したのだろう。

「おっと――」

理央は噛まれる前に素早く手を離した。危ない危ない。

解放された彼女はくるりと向きを変え、ソファを占領するように小さな体を伸ばした。反発性を失ってもなお、そこは唯一の憩いの場である。続けて、彼女は理央に触られた箇所を舐め始めた。それはまさに、毛が臭くなったと言わんばかりだった。

「ふん、可愛げがないな。出会った頃はもっとこう、愛が感じられたよ……。どうしてこんな横暴で自分勝手になっちゃったんだ」

飼い方をどこかで間違えたか。理央は頭をひねるが、ピタッと止まってこちらに冷たい視線を送っている存在に気づき、

「ごめん、うそうそ！　今の毬子も可愛いよ。今度はちゃんと美味しい方買ってくる

から、ね？」

身を乗り出してサッと頭を撫で、噛まれる前に手を引っ込ませた。いつもそうだ。最終的には必ず許してしまう。所詮人間は猫には勝てないのだ。猫好きならなおさら、勝てるわけがない。彼らもおそらく、それが狙いで住宅街に多く住み着くのだろう。

そろそろ仕事に戻ろう。彼は鞄をガサゴソ探ると、表紙の赤いB5のノートを取りだした。そこには大きく「レッツ一攫千金！」の文字が躍っている。色々とメモを残しておくために使っているものだ。彼はペラペラとめくって、白紙のページを用意した。

「橘《たちばな》華夜《かぐや》ちゃん！　華やかの華に夜で『かぐや』と。大体二十五歳くらいかな？顔は、えーっと、こんな感じだった」

記憶を探りながら、手にしたペンをすらすらと走らせる。そのうち、ページの下方部にはなかなかの美人が現れた。カールのかかった長い髪に広いおでこ、特徴はパッチリだ。理央は思いの外うまく描けたことで、

「おお！　似顔絵も超一流だ」

と自画自賛した。毬子に向けても言ったつもりだったが、彼女は寝たまま、特に反応はない。

まあいいよ。気を取り直して、

「占いのお客さん第一号！　さてさて、明々後日までに運命の人を見つけてあげないと」

スマホを手に取りカレンダーを開く。本日は水曜日で、それももうすぐ終わるところだが、そこから三つ数えた真っ白な欄に予定を打ち込む。続けて、華夜が好きになりそうな友人に片っ端から連絡しようと指先で狙いを定めた。

連絡帳アプリのアイコンに人差し指が命中するか否か、結果が出る前に誰かがドアをノックする。彼は腕時計に目を落とした。すごい、約束の時間ピッタリだ。

「やあ、いらっしゃい！　雪ちゃん！」

理央はドアを大きく開け放しながら声を弾ませる。外はすでに真っ暗だ。ひゅーと風が流れ込み、ノートも一枚めくれる。

大きな黒いカバンを片手に持った男がそこには立っていた。彼は広瀬《ひろせ》隆雪《たかゆき》、隆雪だから雪ちゃんだ。理央の七つ上の幼馴染であり、現役の刑事でもある。

「久しぶり！　お邪魔しまーす」

数か月ぶりの再会に、隆雪は嬉々とした表情を浮かべる。中に入るとドアのすぐ横に鞄を下ろし、ついでに上着なども脱いでは、ぽいぽいとその上に乗せていった。

「泊めてもらえて助かったよ。なんか新しい人来たみたいだね。うるさくしないように気をつけないと」

彼は下の部屋にも電気がついていたのを見かけた。理央自身も誰か住み始めたのだろうことは知っていたが、会ったことはなく、どんな人が住んでいるのか見当もつかなかった。会社員だろうか、学生だろうか。はたまた廃屋と間違えて住み着き始めたホームレスだろうか。同じ建物なのだから、そのうち嫌でも会うことになるだろう。

「ああ、そうみたいだね」

理央は曖昧に返事をすると、隆雪をソファに促した。そこにはすでに先客がいたが、隆雪は両手で彼女を持ち上げ腰をかけた。

だが、その瞬間、あまりの反発性の無さに眉をひそめる。これははたしてソファと呼べるのか。疑問に思いながらも毯子を撫で始めた。

「何か飲みたいものある？」

理央は台所に向かいながら聞く。仕事帰りだ。喉も渇いていることだろう。

「お茶ならなんでもいいよ。ありがとね」

「おっけー」

麦茶が入っていると期待して小型の冷蔵庫を開けた。しかし残念なことに、すでにほとんど何も入っていない。冷風を吹かすことすら勿体ないほどだ。

「うわ……、酷いな。じゃああれを」

今度は背伸びをして、上の棚からティーバックを取り出した。いつの物なのか、中身はなんなのか。彼は全く把握していなかったが、飲める茶であることは確かだろう。彼の要望通りだ。

理央がヤカンでお湯を沸かす間、隆雪は静かに猫に癒されていた。彼女だって、ずっとわがままばかりを言っているわけではない。たまにはプロとして、ちゃんと癒しの仕事を全うすることだってある。

隆雪は明日の張り込みのことも忘れて、しばらく幸せに浸っていた。しかし、ふと視線を下に向けたことで、大きく開かれたノートが気になった。

「あれ？　また新しいこと始めたの？」

隆雪が問いかけると、

「そーそー！　なんだと思う？」

理央は嬉しそうに質問を返した。

答えはきっとあの中だろう。彼は目を凝らして小さな文字を読み取った。

「えっとー、……ん？　占い？」

目を丸くする。一方理央は「ポンポコポーン！」と、正解だと言いたいのかなんなのか、台所から陽気にこちらへ戻ってきた。

「運命の人との出会いを導く怒濤の天才新人占い師、菊池理央です」

髪をなびかせながら声色を変えて言う。

「えええ？」

隆雪から困惑と同時に笑いがこぼれた。彼が十六の頃から二十の今に至るまで、挑戦してきたものは数知れない。多種の一般的なバイトから、迷い猫探しや代理彼氏まで、幅広くやってきたことは隆雪も知っていた。それに、小遣いさえもらえればほとんど何でも引き受けるのだ。一時期、長期旅行に出かけた夫婦の犬の散歩を、毎日彼らの庭まで訪れやっていたこともあった。加えて、何か新しいことを考え出しては色々と試してみている。大学の合間によくそんな時間が作れたものだが、毎度のことだ。バイトの内容を大して気にしたことはないものの、流石にこれには驚かされた。彼に予知や運命をはかる能力があるとは思えない。

「――どうせインチキでしょ」

目を細め、鋭く指摘する。

対して理央は、「まさか」と大きく首を横に振った。

「そこらのインチキとは訳が違うよ」

一緒にしないでほしいものだ。

理央は自分のインチキが巷《ちまた》のインチキと本質においてどのような違いがあるのか証明するため、押入れの扉をあけた。詰まるところインチキに変わりない。

「まず――」

大きく息を吐きながらそこまで言ったところで、悲しいことに続きはお預けだ。

ピーーと彼を呼ぶ声がする。

「――はぁ、ちょっと待ってて」

理央は小走りで火を止めると、コップにサッと湯を注ぎ、続けてティーバックを突っ込んだ。まだほとんどお湯の状態のそれを彼に提供する。溶け出すまでもう少し待つのが賢明だろう。隆雪は口をつけなかった。

「まず、衣装はコレ！　毬子はコッチ！」

ワイシャツ、ネクタイ、つばの大きな帽子と、全て真っ黒なものを広げて見せる。ついでに、黒の小さな蝶ネクタイも高く掲げた。彼はその中から帽子だけを被り、

「雰囲気出るでしょ」

と顎を引いてこちらに笑顔を向けた。

「はいはい、かっこいいね」

隆雪はいい加減に返事をする。彼は理央の衣装よりも小さな蝶ネクタイに気を取られていた。むしろ、彼の衣装なんてどうでもいい。毬子に視線を落としながら、その衣装姿を想像した。

絶対可愛い、間違いない。

「偉いなぁ毬子ちゃん！　蝶ネクタイつけてお手伝いしてあげてるんだね！」

隆雪は声をあげると、嬉しそうにわしゃわしゃと彼女の全身を撫でた。毬子も気持ちよさそうに目をつぶる。しかし、調子に乗って撫で続け、その手が彼女の腹部に差し掛かろうとした時、突然毬子は体を回転させ威嚇した。

「わ！　びっくりした……」

「ふふふふふ……。だめだよ、そんなことしちゃ」

いままで無視されていた理央が横から口を出す。

「残念だけど、毬子のお腹をなでなでしていいのは俺だけなんだよ！」

ひょいっと持ち上げ、自慢げにそのふさふさのお腹を撫でるところを隆雪に見せつけた。その表情がなんとも憎たらしい。

「う、クソッ」

彼も同じように威嚇されることを期待したが、どうやら毬子も理央なら許すようだ。次来る時は猫のおやつを忘れない。彼はそう心に強く決めた。

隆雪は話題を戻す。猫のことは悔しいが、占いの内容には興味があるのだ。

「それで？　毬子ちゃん使って何をするの？」

「んふふ、見せてあげるよ」

理央はニンマリ笑うと、先ほどの黒い帽子は被ったまま、黒いシャツとネクタイを持ってトイレに飛び込んだ。そして、十秒と経たないうちに、上から下まで黒に身を包み戻ってきた。

テーブルの上にあったノートやティッシュの箱を床に置き、代わりに毬子を寝かせて小さな蝶ネクタイをつける。そして、

「それでは！　準備が整いましたので、お名前をどうぞ」

突然、その「占い」を始めた。隆雪は一瞬戸惑ったが、面白そうだと思い付き合うことにした。

「はい、広瀬隆雪です」

と客になりきる。

「広瀬さん、運命の人をお探しですね？」

「そうなんです。いくら探しても出会えなくて困ってます」

「ふふっ、それはそれは……」

理央は緩んだ口元を隠すように伏せる。隆雪には言わんとしていることが分かった。

「……あれを蒸し返すつもりなら――」

静かに口を開くと、

「わぁ、ごめんごめん。でも大丈夫デスッ。私に相談したからにはもう安心！　あなたが思い描く運命の人について少し教えてください」

理央は慌てて茶番を続けた。ついこの前、長く続いた恋が終わったところだった。

隆雪は目を細める。しかし、彼がお調子者なのはいつものことだ。

「まぁ、えー、そうですね。美人でキュートな子がいいです」

適当に恋人の理想像を並べる。しかし、理央はそんな要望にも、神妙な顔つきで深くうなずいた。まるで、新薬の効能について語る教授の話を聞くときかのように。そう、占いには雰囲気が重要なのだ。

「『美人でキュート』ですか。興味深い……。わかりました」

そう言うと、今度は客の方に向けてゆっくり毬子を押し出す。

「――では、この猫ちゃんに手をお乗せください。そう、気持ちをこめて……」

これから何が起こるのだろう。隆雪は不思議に思いながらも、無言で毬子に手を乗せた。同時に、今腹に触れたらどれだけキレるのかということにも興味が湧いたが、刑事の彼でも少し勇気が足りなかった。

理央はそのまま黙ったままだ。何の指示もないため、隆雪は困惑しつつ口を閉じていた。しばらく静かな時間が流れる。だんだんと指の先に神経が集中してくることで、もふもふとした毛の間に手が埋まっていることに対する幸福感が高まる。比例するように、夢見心地になってくると……、

「フォアアッ！」

沈黙を切り裂くように理央が目を見開き奇声を上げた。あまりに突然なものだから、

「うわっ！」

隆雪も思わず声を上げ、現実に連れ戻される。中でも一番その音源に近かった毬子はすかさず猫パンチを繰り出した。

しかし、ここからが肝心なんだ。構うことなく理央は、

「見えました！」

と叫び、どこからか取り出した地図を大きく広げてビシッと南に位置する駅を指差した。

「ココですっ！　三日後の同じ時間きっかりに、この場所へいらしてください。お探しの方はきっと、現れることでしょう！」

満面の笑みで占いの結果を告げた。そして、一仕事終えたというように嬉しそうにニコッと笑う。

しかし、向かいに座る隆雪は訳が分からず言葉を失っていた。

「……え？　っと……。――は？」

かろうじて、「よくわからなかった」ということを伝える一文字を発する。

期待していた反応と違った理央は、物分かりが悪いなと言いたげに肩をすくめた。

そんな彼のために、すかさず解説を始める。

「だからぁ、今の感じで好きなタイプを聞き出すでしょ？　そしたら、あとは俺の幅広い交友関係を利用して、恋人がいない奴にこの子どうかなって連絡するんだよ。それでいいよってなったら、指定した時間にその場所に行ってもらって、二人は運命的に出会えるんだ！　ロマンチックでしょ！　お互い恋人ができてみんなハッピー！ね？」

誇らしげに説明しながら、彼の手はよく動く。

確かにこれは……、理央の考えそうなことだな。隆雪はうんうんうなずいた。

「うーん、なるほど……。カラクリはわかったけど、上手くいく？」

「いくさ！　俺の顔の広さなめんな！」

「ああ、たしかにそうだけれど」

理央はいわゆるクラスのムードメーカーだ。交友関係は浅いが広い。それについては同意見だが、隆雪は疑問に思ったことを口にした。

「あの、なんで叫んだの？　何の意味があるの？」

この質問に理央は大袈裟にため息をつく。なんでわかってくれないのか。

「だってー、占いで大事なのは緊張感と奇抜さなんだよ。猫ちゃんを触ることで生まれる心の緩みを利用して、相手の心を一気に！　こっちの世界に引きずり込むんだ。必要な技術だよ」

「なるほ、ど……？　えっ、ほんとにぃー？」

隆雪が訝しげに声を低くして言ったが、理央は「愚問だね」と、今日の成果について語り始めた。

「ふふん、もうすでに一人相談に来てくれて上手くいったもの。ちょっと運命の人について夢見がちだなって感じだったけど、終わった時には嬉しそうに手なんか握られちゃったし。なんの躊躇《ちゅうちょ》もなく諭吉さんくれたぜ？」

「え!? さっきので一万円! そんな詐欺まがいな……」

内容がインチキなのはまだいいとして、値段が値段だ。俺が刑事だって忘れてない? そう言いたくなったが、理央は気にした様子もない。いつか訴えられる時が来たら知らないふりをしよう。隆雪が心の中で易々と裏切りを決意する一方で、理央はひょいっと先ほどのノートを拾い上げる。

「最初の依頼人が彼女だよ。華夜ちゃんね」

「依頼人って……、ただ占ってもらいに来ただけの子なのに」

隆雪は思わず鼻で笑ってしまう。確かにこの出会い系システムを知らない彼女からしたら「依頼人」という言い方は不適切かもしれない。だが理央が気にする様子はなく、ノートをめくって彼女の似顔絵の描かれたページを開いて見せた。その時、隆雪はあっと声をあげる。

「この人、どっかで見たことある気がする……」

記憶をたどってみるが、すぐには出てきそうにない。

「――それにしてもほんと上手だね。いつ見ても惚れ惚れするよ。犯人の似顔絵とかお願いしたいぐらい」

こんな商売やめて、絵の道にでも走ったらどうだ。

「それで？　その華夜ちゃんはどんな人がタイプって？」

隆雪は問いかけた。

「あたしかね、髪は染めていなくて、眉がキリッとしてて……」

理央は彼女との会話を思い出しながら、似顔絵の隣にタイプな男性の特徴を書き加えていった。白いノートがどんどん文字で埋められていき、隆雪が「まだあるの？」と眉をひそめる。

一ページが丸々文字で埋め尽くされるのではと思われた頃、せっせと働いていたペンはテーブルの中央あたりに投げ出された。

「ふぅ。まったく、こだわりの強いお客様だな。見て！　突破しなきゃいけない項目がこんなにあるよ！　しかもフリーだなんて、初回にしてはなかなかだね」

理央はスマホの連絡帳を開く。隆雪も毬子を抱きながら一緒に覗き込んだ。

「英二郎《えいじろう》くんは？　郁斗《いくと》くんとかもいいと思うけど」

隆雪はずらっと連なるリストの中でも、見覚えのある名前を口にした。しかし、理央は首を横に振る。

「英二郎は甘いものが苦手だから、彼女と趣味が合わないよ。郁斗はまああ近い気もするけど、幼女と動物しか愛してないからなぁ。華夜ちゃんには興味がないんじゃない？」

毬子が郁斗の名を聞いて身震いする。何か苦い記憶でもあるのだろうか。彼女は気分が悪そうにモゾモゾ動くと、隆雪は抱いていた手を離してあげた。

毬子を見送った隆雪が顔を上げると、再びテーブルの上のものが目に映った。色合いを大きく変貌した飲み物が、まだかまだかと待ちきれない様子で載っている。

彼は茶を入れてもらったことを思い出した。麦茶でも緑茶でもなさそうな色だ。種類は何か聞いていないが、きっと飲み頃だろう。ゆっくりと口をつける。

「ん？　ん？　――あ、ジャスミンティーか！　お洒落だね」

隆雪が彼に笑顔を向けると、

「エ!?　――そう、気に入って貰えてよかったよ」

理央は落ち着きを装いながら答えた。何故そんなものが家の棚の中にあったのか。顔には出さないようにしたものの、心の中では不思議でならなかった。実際はサンプルで貰ったものだったが、思い出せない理央は自身の記憶を探る。しかし、すぐにいいかと気にしないことにした。隆雪は静かにその茶を啜る。

しばらくの間、二人は誰に連絡しようかと吟味した。だが、共通の知り合いというのもそんなにいない。手持無沙汰になった頃、隆雪はソファに体を預け、再び呆《ほう》けた。

すると、その時を待っていたかのように毬子がミャアミャア鳴き始めた。自らに注意を向けさせると、続けて小さな棚を爪を立てて引っ掻く。理央が餌を保管する棚だ。

「ん？　毬子ちゃんお腹空いたの？　ねえ、ご飯あげた？」

隆雪は理央の方を見た。対する理央は、

「あげたにはあげたけどー……。なんか気に入らなかったみたいで……。あれが最後の一個だったし……」

と歯切れが悪そうに言う。先ほどティッシュにくるんだ半身のサバは、バラバラの姿でまだ台所のごみ箱の中に横たわっている。

「ええ、可哀想だよ！　こんなにお腹を空かせてるのに……」

隆雪は毬子に激しく同情した。少し大げさではないか。しかし、毬子は彼らの足にスリスリと顔を撫でつけ、ここぞとばかりにミャアアァアアと空腹を訴える。

「今から行くの？　もうこんなに遅いのに？」

理央は外を指差していかに真っ暗か訴えた。そろそろ日が変わるのだから当然だ。

何とか反論するも一対二では分が悪く、結局押しに負ける。彼は押入れから財布を取り出した。これもまた貰い物である。少々汚れてはいるが、それでもなかなか高価なものであることは知っている。何度ピンチの時に売ってやろうかと考えたことか。

「雪ちゃんも――」

続けて「行かないか？」と言おうとしたが、その「い」すら発声する前にすかさず、

「やだ、ここで待ってる」

目も合わせない彼に毬子を撫でながら断られてしまった。精一杯に瞳で悲しさを訴えてみても、ソファから立ち上がってくれる気配すらない。

『さっきと同じのはダメだからね！　絶対よ！』

実際には「ミャアアミャミャア！」だが、理央にはそう聞こえた。ガシャンガシャンと鉄製の階段が盛大に音を立て、外の通りまで出る。

やっぱりすごく暗い。街灯なんて気の利いたものは無いに等しい。もう一度だけ部屋の方を見上げてみたが、仕方がない。彼は意を決した。

「怖いなぁー、やだなー……」

小さく呟きながら、彼は小走りでコンビニまで急いだ。

風で遊具がギ、ギと音をたてる。誰もいない公園というのは特に恐ろしいものだ。気にしないようにするほど、後ろに気配を感じてしまい、心臓の音がどんどん近くなる。

「ふんふふんふふーん……♪」

何とか平常心を保てるように、小さく鼻歌を歌った。暗い通りを抜ける。やっとのことで、コンビニの煌々《こうこう》と輝く看板が見えてきた。

ふぅ、彼は財布を強く握りしめ、速足で店の中に入っていく。

「あ、アイス……」

入口近くにあるショーケースが目に入った。だが、財布の中身を思い出してやめた。缶詰の棚の前で腕を組み、サバかイワシか、はたまたツナか。優柔不断な彼は長考する。

あっという間に五分程時間が過ぎた頃、同じ缶詰の棚で足を止めた男がいた。理央はちらっと右に視線を送る。そこには、すらっとした足で自分より気持ち背が高く、黒髪ストレートの青年が立っていた。

「はっ……！」

思わず息をのむ。同時に、先程書き出した大量の「華夜ちゃん好みリスト」が頭の中を素早くよぎった。

すごいぞ。なんて偶然だ。見た目だけでもすでに華夜の要望通りのイケメンである。しかも、これは相当な甘党だ。一口サイズのチョコレートが大量に詰め込まれたお徳用パックを、彼は三つもカゴに入れていた。

あとは、美術館巡りが好きで、でもだからといってインドア派過ぎず活発で、週に一度はラーメンを食べ、猫好きで一人称が「僕」で——。まだまだあるが、とりあえずはこのくらいにしておこう。彼女と巡り会わせることが出来ればいいのだが。

どうしたものか。いきなり話しかけては警戒されてしまう気がする。世の中のキャッチもナンパ師も、同じ気持ちを抱えて日々励んでいるのだろう。とにかく絶好のチャンスだ。逃すわけにはいかない。

理央が思わず凝視していると、彼は視線に気づいたようだった。同じようにこちらをジッと見てくる。反射的に理央は目を伏せたが、ゆっくり横目で確認しても、まだ状況はそのままだった。気まずさの中再びそらすことも出来ず、二人はしばらく見つめ合う形になる。

数秒の沈黙の後、それはまるで見えない何かで心臓を打たれたような感覚だった。青年が理央に向かってニッコリと笑いかけたのだ。こわばった空気は一変し、理央は自分が女だったらイチコロだったたと、思わず感心する。間違いない。彼は華夜の「白馬の王子様」になれる。会話で何とか繋ぎ止めないと！

えーっとえーっとえーっと！

何かいい感じのことを言わなくてはいけないと焦った理央は、考えなしにとりあえず口を開いた。

「や、やあ、こんばんは。君もこんな時間に買い物？　俺は女王様にパシられちゃってさ」

映画好きが裏目に出たのか。まるで洋画の吹き替えのようなセリフが飛び出す。恥ずかしさのあまり顔が赤らんだ。言葉の選択の間違え方が悲惨だ。

しかし、

「ふふ、女王様って彼女？　大変だね」

その言葉に、理央は二発目の心臓へのダメージを受ける。なんて体に悪いイケメンか。こちらに対して引くわけでもなく、馬鹿にする様子もない。ノリよく対応してくれる彼に対して心が躍った。とりあえず、一人称が「僕」であってほしい。

「ううん、彼女じゃなくて飼い猫」

理央が調子を取り戻しながら答えると、「すごく可愛いんだけど、ご飯にうるさくて。安いサバ缶じゃ満足してくれないんだよ」と続けた。

「猫にサバ缶をあげてるの？　キャットフードの方が猫のためにもいいと思うけど」

彼は神妙そうに言う。

猫には魚というのが相場で決まっていると思っていた。彼が勧めるなら、一度キャットフードを試してみようか。

するると、

「たしかこっちに――」

彼は理央の手を引いた。手を繋ぐまでの動作は滑らかでさりげなく、とても自然だった。慣れたもんだなあと、理央は特に疑問に思うわけでもなく感心する。

安いのがいいと理央が言うと、彼はオススメのものを選んでくれた。

「僕もニャンコに同じのあげてるよ」

その瞬間に、理央の頭の中ではスパンスパーンッ！　「猫派」「一人称が僕」の二つの項目にチェックマークがつけられる。それにしても、イケメンがニャンコというと萌えた。今度使ってみよう。理央はそんなことを考えながら、段々勢いに乗ってきた。

彼がカップ麺を選ぶのについて行きながら、趣味や大学の専攻について、レジに向かうまでに、さらに、家族構成や味の好みまでも聞き出した。

次から次へとスパンスパンスパンスパーンッ！

「へー！　そうなんだね！　ほんとに気が合うな。あ、そうだ！　名前なんていうの？　あと、連絡できるものを何か交換できたら嬉しいんだけど……」

「いいよ」

彼はスマホを取り出しながら潤《じゅん》と名乗った。

「――君は？」

その質問に、彼は元気よく答える。

「菊池理央です。よろしく！」

「理央っていうんだ。よろしくね」

二人は自動ドアを抜けて、外へ出た。怖がりな男はあたりが真っ暗なことを思い出す。一人でまたあの暗い道を戻らなければならない。潤はどの方向だろうか。彼をチラッと見ると、

「まだ僕と一緒にいたいんだ？」

心を見透かしたように潤は言った。

「え？　いや、その……。同じ方向だといいなあーって思って。あっちの小学校の近くなんだけど……」

タジタジになりながらも、少し期待するように言う。すると幸運なことに、彼も同じ方向だと言った。やったやった。暗い道も、揺れる木々や公園の遊具も、彼がいれば心強い。理央は心底、コンビニまで頑張って来た甲斐があったと思った。釣れた魚

は大きいぞ。あとは華夜を紹介するだけだ。

どう話を切り出すべきか、理央は頭をひねりながら彼の横を歩く。おっといけない。それより、彼に恋人がいてはまずいのだ。

偶然にもここまで好条件な男を見つけることが出来た。他を探すのも難しいもの。理央は頭の中で相手が独り身であることを強く祈った。しかし、考えてみれば彼は結構モテそうである。恋人がいないという方が珍しいかもしれない。会って最初に聞けばよかったか。

そんな考えがよぎり、理央は少し不安になった。しかし、だめならだめで仕方がないか。この際だ、当たって砕けよう。彼は意を決し、顔を上げると――、

「何を考えてるの？」

いつの間にか覗き込んでいた潤と目が合い、ひゅっと出かかった言葉が引っ込んだ。その反応を面白いと感じたのか、潤は笑いをこぼす。

「ははは、ごめんごめん。いーよ質問？　まだまだあるならいくらでも答えるよ」

潤も流石に違和感を覚えたようだ。理央は一気に聞き過ぎたと少し反省する。しかし、この質問はどうしてもしておかなければならない。バツが悪そうに苦笑いし、

「じゃあ最後に聞きたいんだけど。潤くんはさ、えーっと、なんというか。今彼女い

たりする？　募集してたりしない？」

と慎重に投げかけた。

この時、潤の目が一瞬大きく開いたように見えた気がした。予想した質問とは少し違っていたのかもしれない。しかし、

「ああ、うん。今はフリーだよ」

と、すぐさまさっきの調子で答えてくれた。実にあっさりと、理央が望んだ返答である。

「ほんと!?」

彼は反射的に歓喜の声を上げた。

「それじゃあ、どういう子が好き？　たとえばー、えっと、髪はくるくるしてて、顔は可愛い系っていうのかな。どうだろう。ちょっと濃いめ？　あとは――」

公園の中を通りながら一生懸命言葉を並べた。性格すらまだよく知らない女性をなんとかプレゼンする。

「うんうん。好きだよ、そういう子」

潤は悪戯っぽく笑った。

「そう！　よかったぁ」

理央もつられて笑う。決まりだ。そろそろ切り出そう。彼に簡単に事情を説明して――。

だが、ここで何を思ったのか。潤は理央の癖毛に手を伸ばした。優しくクルクルと、指先に絡め始める。

「え？　なに……」

どう反応したらよいかわからず、理央は困ったように笑った。しかし、潤は手を止めることなく、

「理央はほんと可愛いね。そんな遠回しに聞いてないで、『俺なんかどお？』って、素直に言えばいいのに」

からかうように言う。一瞬思考が止まった。んんんん？

「んふふ、バレバレだよぉ。僕のことが気になって仕方ないんでしょ？　いいよ、付き合う？」

未だになでなでされながら、それは本気の目だと察し、理央はたじろいだ。とりあえず手を振りはらう。

「ち、違うよ。何か勘違いしてない？　ちょっと、え？　うわ、待って！　近い近い近い近い！」

圧に負けつつ後ずさる。しかし、背中に衝撃を受けた。公園のトイレの壁にぶつかって、描かれたキリンさんのペイントと目が合う。

潤は理央の手を握った。真正面から顔を覗き込み、

「僕さ、そこらの女の子より、君みたいな子の方が好みみたいなんだよね」

落ち着いた口調で彼が言う。理央は壁ドンをされながら、

あら！　華夜ちゃん残念！

と心の中で彼女を慰めた。せっかくの完璧な理想の相手だったというのに。しかし、事態はそれより深刻だ。「華夜ちゃん好みリスト」に夢中で気づかなかったが、どうやら気があると誤解されたようだった。

腕を振り解こうとしながら、

「ごめん。俺が悪かったんだけど、そういうわけじゃなくて……」

激しくぶんぶん振るが、全然振り解けない。おい、力強いな！

「――潤くんみたいな人がタイプだって友達がいるから、紹介出来たらいいなって思って色々聞いてたんだよ。女の子に興味ないんじゃ意味ないけど……」

正直に事情を説明するものの、それでも彼が離す様子はない。肩をすくめながら、

「なんだ、つまんないなぁ。僕は一目惚れだったのに」

とごねる。

二十年ちょっと生きてきたが、同性に口説かれたのは初めてだ。異性からだってあまりないけれど。この状況、どうしたものか。前は潤に、後ろはキリンで八方ふさがりだ。

しかし、考える時間を彼は与えない。理央がはっきりしないうちに、彼は仕掛けることにしたようだ。今ならなんだか押せばいけるかもしれないとでも思ったのだろうか。潤はきゅっと理央にくっついてくると、

「え、は？　ちょっと……、やめ！」

理央は騒いだが、やめろと言い切る前に口を塞がれた。あまりのことに気が激しく動転し、頭が真っ白になる。対する潤はパッと大層嬉しそうに顔をあげ、

「ね、興味は持ってくれたんでしょ？　僕と付き合おうよ。絶対楽しくなるよ？」

と弾んだ声で誘ってきた。

理央は絶句し、しばらく固まる。そんな無反応な彼に、うきうきだった潤は少し不満そうな表情を浮かべた。

「だめ？　――あ、今度は舌も入れてみようか？　何か変わるかも……」

そう言うと本当に実行しようとしてきたため、理央は反射的に押し返した。

「――い、いや待て待てだめ！　だめだからっ！　なんも変わんないし、いい加減離せよ！」

しどろもどろに声を絞り出した。何とかショックから目覚め、掴まれたままの腕を大きく引いた。今度はあっさりと振りほどける。

潤は何か言いたげだったが、理央は構わず、

「ウリャ！」

股間をめがけて蹴りを入れ、一目散に家に向かって全力疾走した。息を切らすほど、どんどん気持ちが激しく高ぶる。さらに、真夜中の道をたった一人だという状況も相まって、

「こわいこわい！　追いかけてきてないよね!?」

と相乗効果で恐怖心がうなぎ上りだ。

アパートが見えてくる。体力の限界が近かったが、ここで休むという選択肢はない。勢いをころすことなく鉄製の階段を駆け上がり、そのまま部屋に転がりこんだ。ぶるぶる震える手でドアの鍵という鍵を全てしめ、セキュリティーを確保する。

「つ、疲れたぁ……」

安堵と共にヘタリと床に座り込んだ。

大変異常な帰宅を心配し、奥から毬子を抱えた隆雪が様子を見に来る。床に溶けた彼を目にすると、

「うわぁ、どうしたの？　ビビリだっていうのは知ってたけど、一人で行くのはそんなに怖かった？」

　哀れむような顔で言った。

　そんなお門違いな！　理央は不満いっぱいに眉間に皺《しわ》を寄せながら、

「違うよ！　襲われかけたの！　いやむしろもうちょっぴりやられたけど、華夜ちゃんご所望のイケメンがとんでもないゲイだったの！」

　必死に説明する。お化けとかそういうのじゃないんだ。

「クソッ。あいつ、調子に乗ってキスまでしやがった。何が『舌入れてみる？』だあ！　いくら俺がイケメンだからって――」

　大声で悪態をつくが、彼は次の瞬間あることに気が付き、言葉を失う。

「あれ？　うそうそうそっ！」

　素っとん狂な声をあげると、体をペタペタ触りながら立ち上がった。状況が飲み込めない隆雪は、

「え、え？」

　ただただ圧倒される。そんな傍らで理央はうわああと頭を抱えて絶叫し始め、隆雪は慌てて子供をあやすように、

「大丈夫、大丈夫だから！　ね？　一回落ち着いて！」

　そう言いながら彼に毬子を押し付けた。今にも泣きそうに目を潤わせながら、理央はふわふわの癒しのプロを受け取った。鼻をすすって抱きしめる。

「うぅ……、財布と毬子のご飯、落としてきちゃった……。絶対さっきダッシュしたからだぁ、最悪。あんなに怖い思いしてまで行ってきたのにさ！　雪ちゃん、その辺に落ちてるかもしれないから見てきてよ！」

「うん……。それは、まぁ、困ったね……」

　理央は肩で息をし、毬子は不満そうに尻尾を振る。猫セラピーで気持ちを和らげてほしいとは思うが、彼女に餌がないと知られストライキを受けるまでは時間の問題だろう。それより、この数十分で彼の身に一体何があったのか。

　どこからともなく電話が鳴った。どうやら理央のスマホのようだが、本人は気づく様子もない。隆雪は彼のポケットからスマホを抜く。

「理央、潤って人から電話だよ。出る？」

　その名前に過剰にビクつき、彼は一度黙り込む。そうだ、連絡先を交換してしまっ

ていた。しかも自分から。

「――で、出ない！　出ない！　出ないで！」

理央は激しく何度も首を横に振りながら大声で叫ぶ。それに応えるように隆雪はさっさと赤いボタンを押したが、それでも騒がしい彼に、

「切った、切ったよ！」

と隆雪は理央の肩を揺らした。そのまま彼にゆっくりと深呼吸をさせ、

「はい、落ち着いた？　じゃあ理央、ちゃんと伝わるように説明して」

まっすぐ目を見て、真剣に問いかけた。

コンビニで彼に会ったところから、帰りに何があったかまで、理央は詳しく話した。たしかにあれは誤解される行動だったか。自分で振り返りながらそう感じたが、だからって、違うと言うのに強行するなんてひどい奴だ。理央は毬子をわしゃわしゃ撫でながら、

「俺は女の子が好きなのに……。男にモテたって」

とぼやく。

それでも、隆雪は少し安心したようだった。

「無事で何よりだよ……。もう遅いから、財布も毬子ちゃんのご飯も明日にしよ。そ

いつがまた何かしてきたらすぐ対応するから。緊急ならいつでも俺に電話して？　明日は朝一から仕事があるし、正直起きているのが限界でね……」

「あっ、そうだよね」

理央は押入れから追加の毛布を引っ張り出した。ソファは隆雪に譲り、彼は枕と毛布とともに床に寝転ぶ。五分も経つ頃には彼の寝息が聞こえてきた。

理央はその後もなかなか眠れず、ぼーっと天井を眺めていた。そういえば、彼は朝七時に出ると言っていた。目覚ましをセットしておこうと、スマホを開く。暗い部屋の中、画面の明るさにより彼の顔回りだけが白く光る。しかしその前に、数件通知が溜まっていることが気になった。彼は何気なくそれを開くと……。

「――は!?　ゆ、ゆ、雪ちゃん！　やばいよ！」

すでに半分夢の世界に行っていた隆雪は一瞬「ん？」と起き上がったが、すぐにバタンと眠りに落ちる。

「あ、あ、あいつ、財布とキャットフード拾ったよって。また会うのが楽しみってメッセージで――。うわ、何が『安心してね♡』だよ！　フッザケンナッ！」

勢いでスマホを投げようとしたが、一瞬早く、画面が割れることへの心配が上回った。振り上げた腕をゆっくり下ろす。矛先を変えて、代わりに毬子を布団に引っ張り込んだ。

「――ふん、明日ぶん取り返してやるっ」

もぞもぞ逃げようとするニャンコをぎゅっと引き寄せ抱きしめると、彼は体を丸めて眠りについた。

二、猫に魅せられた男

鏑木《かぶらぎ》という男には最近困った悩みがある。一つのことに固執する者にとって、これは付き物、いや宿命なのかもしれない。推しの追っかけをするオタクのように、世界中に散らばった奇物を求めるコレクターのように。好きになったら負けとはよく言ったものだ。愛という名の執着があれば、人はどんな障害も乗り越えていけるんだ。しかし、いきなり本題に入る前に、彼の生い立ちから順を追って話をしよう。

動物をこよなく愛し、しかし犬でもハムスターでもなく、猫という軟体動物に恋をした彼は、幼い頃から猫が飼いたくて仕方がなかった。彼の故郷は関東のどことやら、山間の小さな町だ。土地柄野良猫が多い。彼にはたまらなく嬉しい環境だろう。

猫というのは適度な割合で避妊去勢をしていれば、数が増えすぎず一定を保てるそうだ。ここの猫ちゃんたちの半数ほどには既に施されている。町の人たちは彼らに名前や餌を与え、代わりといってはなんだが、癒しと「猫の街」という観光地としてのお墨付きを頂いていた。もはやビジネスパートナーか。

　そんな場所に住んでいるのだから、さぞかし両親も猫好きであることだろう。彼は猫好きの英才教育でも受けてきたのか。そう考えても不思議ではない。だが、猫を飼うことの許しが出たことは一度としてなかった。

　理由は明白。母親が重度の鳥好きだったのだ。家の中にはインコ、カナリア、キンカチョウと、様々な鳥籠が天井から吊り下げられ、足元にはウズラやアヒルが走り回っていた。今思い返せば、ああ、苦い記憶だ。特にあのアヒルが憎たらしい。

「猫が飼いたい……」

　外を歩けば当然猫に出会う。それが猫の街だ。小学生の頃より一緒に出かけるたびに呟いてきたことだが、いつも返事は同じだった。

「だめよ、私の可愛い子たちが食べられてしまうもの」

　言葉は優しく、しかし立ち止まることを拒否するように、握る手にはキュッと力がこもる。

「――僕とアヒル、どっちが大事？」

「そりゃあもちろんあなたよ！　ふふ、嫉妬かしら？」

「じゃあ猫――」

「だめよ」

これをエンドレス――。流石母と子、お互いとても頑固なもので、気弱な父親は息子と二人で出かけることも避けるようになってしまった。そんな父親につけ込もうと試みたことも何度かあるが、必ず母に防がれた。彼女は自分の一枚も二枚も上手《うわて》なのだ。魚派の姉は部屋に大きな水槽を勝ち取ったというのに。それがなおさら悔しい。彼は成長とともに強気で策略的になりつつも、どうしても猫を家に取り入れることはできなかった。

中学三年生、野良猫一匹に獅子丸《ししまる》と名付けて可愛がりながら、なんとか一人暮らしを試みたこともある。そうすれば、自由に家飼いが出来る。実家にこだわる必要はない。理系な彼にとって、この上なくぴったりなT高が近くにあったのだが、自転車で約十分だ。これではいけない。文系寄りだがS高にしよう。

「うふふ、そんなに一人暮らしがしたい？　あなたが決めたことなら賛成だけれど――、猫のために人生を棒に振らないことね」

S高を受験すると言っただけで母から放たれた言葉に、もはや恐怖すら感じたが、彼はめげずに頑張る。しかし、非常に残念だが、それ以上に文系科目ができずあっさり作戦は失敗に終わった。

だが、これも今や昔話だ。毎日家では鳥に囲まれて、外に出れば猫に囲まれて、ある意味なるべくしてなったのだろう。彼は都心で最難関の獣医学部に合格し、念願の一人暮らしを手に入れた。国語と社会が必要なければ彼は強いのだ。

可愛がっていた茶トラの獅子丸を連れて、はるばる又田日町までやって来る。物件探しの条件は三つだ。それはもちろん——、

一、ペット可であること！
二、静かにのんびり獅子丸と暮らせること！
三、できるだけ大学に近いことで、獅子丸を愛でる時間を最大限に見いだせること！

いくつもの物件を比べ、何件もの不動産を訪れたことで、彼はペット可な上大学への便もよく、両隣はそれぞれ一人暮らしの老人のみの静かな部屋を見つけ出した。こんなにいい物件が他にあるだろうか。否、きっとない。見た目はオンボロで、その実態もオンボロではあるが、彼にとっては目をつぶれる程度のことだった。

そこからは猫ちゃんと二人きりのラブラブ生活だ。数々の実習に課題、半年ごとの試験をこなし、順調に進級を重ねた彼は現在大学四年生。それはそれは、なんの問題もない平和な毎日だった。ただ一つ挙げるなら、定期的に母よりアヒルらの写真が送られてくることだけが困っていたことと言えただろうか。肥満気味な鳥だったために

早死にすると思っていたが、彼を苦しめたアイツはまだ生きているらしい。何度葬りたいと思ったことか。しかし、他にも多種多様な憎き鳥どもが何匹もいる。一匹処理したとしてもキリがなく、そのため実行には至らなかったことはアヒルらにとって幸運だったといえるだろう。彼は獅子丸の写真を数十枚と送り返すことで、この攻防に勝った気でいた。

幸せなキャンパスライフ。卒業まであと二年、ココを手放す気なんてさらさらない。そのあとだって住み続けてもいい。そう思っていた。あれが始まるまでは――。

ドンッ！

今度はドアだろうか壁だろうか。とにかく建物が悲鳴を上げそうな勢いで蹴られた音がすると、間髪入れずに、

「一花《いちか》さんは私のもんじゃあああぁ!!」

しわがれた叫び声が響き渡る。それに応えるように、

「だまれぇ！　一花さんを幸せにするのは私だぁあああ!!」

同じくしわがれた声の持ち主が、喉を酷使するよう大声で異議を申し立てる。今日も始まった。両者ともに鏑木の両脇の部屋に住む老人らである。ヨボヨボの爺さんしかいないと高を括っていたが、どちらも未だ現役だったようだ。突然のように一人の

ご婦人、すなわち、ここの大家さんの取り合いを始めたのだった。

それはつい数日前のこと。片方の老人が彼女の気を引くため、流行りの猫カフェへ行こうと誘ったらしい。どちらも長年静かに想いを馳せていただけだったようだが、一人が大胆な行動に出たことでもう一人も焦ったのだろう。戦いの火蓋が切られ、二人の間に火花が飛び交う。昼夜を問わず互いに嫌がらせをし、いかに自分が彼女にふさわしい相手か言い争いが絶えない。

そんなこと勝手にやってくれ。そう言いたいところだが、何しろ壁が薄い。今の話だって望んで得た情報ではなく、流れこんでくる彼らの罵倒の内容からつなぎ合わせただけだ。鏑木は毎日ウンザリしていた。

「私はなぁ！　こう見えてペット業界では名の知れた資産家なんだ！　昔テレビに出たことだってある。プライベートジェットで世界中を飛び回っていた。もう帰る気はないが、元は豪邸に住んでいたんだ。金なんて掃いて捨てるほどある。よって、私の方が一花さんを幸せにできると断言できる！」

「へ、そんなの大したことないぞ。私は何といっても、一代にしてあの『猫蕎麦《ねこそば》』を業界トップまで躍り出させた天才経営者だ。そして、貴様とは違って一花さんのそばに居たくてここを余生の家として選んで暮らしている。これはこれは、愛の深さに天と地ほどの差があると言えるな？」

へぇー二人ともすげーや。鏑木は真夜中布団に潜り、獅子丸を抱えて枕で耳を塞ぎながら感心する。眠りの浅い老人らは二十四時間のうち二十時間は騒ぎあっている。眠れない。いい加減にしてくれないと成績に影響が出てしまう。獣医師になって大量のニャンコらを毎日モフモフしながら診療するのが夢だというのに。なんとかしなくては。そう思いながら数日が過ぎる。二人の喧嘩はいくらたっても収まる気配はなく、

「戦だあああぁぁあぁぁああ!!」

爺さんの叫び声がアパートで木霊《こだま》する。

ああああああ、もおおおおお！　うるさいうるさいうるさいうるさいうるさい！　やってらんねぇよ!!

鏑木は解剖学の教科書を机に叩きつけ、獅子丸を抱えて外に出た。我慢の限界だ。堪忍袋の緒がプッツリ切れたというやつだ。早く新しい部屋を見つけて、彼らにさよならを告げよう。このままでは眠れないし、勉強にも集中できない。成績が落ちるのは目に見えているし、留年なんてことになったら溜まったもんじゃない。

ストレスでノイローゼ直前の鏑木は、片っ端から不動産に入り、ペット可の部屋を探した。せっかく一日休みだというのに、何でこんなことに時間を割かなくてはなら

ないんだ。この際、大学から多少遠くったたって家賃が高くなったたって、あそこより静かな場所ならなんでもいい。鏑木は獅子丸を抱えながら、町をふらふら彷徨う。

しかし、どこへ行ってもペット不可ペット不可ペット不可ペット不可——。ああ、なんて街だ。ここでは猫との同居が許されないのか。何件まわっても、最低条件をクリアしてくれる物件がない。

「えええええ、獅子丸と暮らすにはあの場所しかないの？」

早歩きでスタスタと大通りを通り抜けていく。人通りが多く、すれ違う人たちは皆、田舎の感覚で獅子丸を抱く鏑木を不思議そうに見ていた。進むにつれ周りから不動産の数も減り、反比例するよう彼のイライラが上昇する。

「ああ、仕方ない。一度帰って出直そう……」

諦めかけたその時、彼は遂に、視界の端にチラッと真っ赤な「猫」という文字を捉えた。ハッとし、反射的にそちらを振り返る。しかし、運命の悪戯か。それはそれは最悪の形で彼の期待は裏切られた。

「ああクソ、奴の店だ」

人気チェーン店のため、猫蕎麦の前は長い行列だ。あの悪夢の惨劇が蘇る。

店先に唾でも吐いてやろうか。そんな考えも浮かんだが、堪えて、鏑木は気持ちを鎮めようと獅子丸に顔を埋めた。

　猫とは不思議な生き物だ。触れると気持ちが自然と落ち着く。第一次世界大戦も第二次世界大戦も、猫を戦場に放っていれば止めることができたかもしれない。やはり人類は猫には甘いんだ。

　鏑木の頭の中で、世界各国の総理や大統領が猫を囲って笑顔で団欒している風景が思い浮かんでいた頃、なんの前触れもなく、突然胸に衝撃が走った。

　獅子丸が両足に力を込め、鏑木を土台にピョーンと飛び降り走り出してしまったのだ。一瞬何が起きたかわからなかったが、すぐに事態を把握した。

「おい、おい！　待ってって！　獅子丸！」

　鏑木は獅子丸を追って大通りから小道に入り、昼間にもかかわらずなんとなく薄暗い通りに飛び込む。

　どこへ行った？　錆びた遊具が並ぶ公園を走り抜け、周りを見渡しながら小走りで進む。

　十四の時から知っているんだ。獅子丸の成長を見てきて八年だ。父の弱い心に付けこむことに失敗した時、母を出し抜くことがどうしても出来なかった時、泣きつくと静かに慰めてくれた獅子丸、なんで僕を置いていってしまうんだ。二人でずっと頑張ってきたじゃないか。僕を蹴飛ばしてまで向かった先はどこなんだ。

泣きそうになりながら走り回っていると、どこからかガチャガチャ何かがぶつかり合う音が聞こえてきた。

あっちかな？

注意深く音源を探り、その方角に向かってみる。家と家の間の小道を抜けると、見覚えのあるシルエットと色合いの猫が目に飛び込んできた。

「アッ！　よかったあ、獅子丸！」

つまずきそうになりながら駆け寄る。そこにはツナやサバなど様々な缶詰が一つの袋にまとめられていた。よく見ると、古びた小さなアパートの前のゴミ捨て場である。

魚の匂いに誘われたのか。僕の愛は魚に負けたのか。鏑木は魚に対抗心を燃やしながら、袋をカリカリと爪で破ろうとしている獅子丸をひょいっと拾い上げる。今度は離さないように。とりあえず家に帰ろう。くるっと回り、元いた大通りに戻ろうと思ったが、

「あれ？　どっちから来たっけ？」

鏑木は迷子になった。

いや認めない。迷子じゃない。大丈夫だ、僕には文明の利器がある。彼はカバンか

ら小さなスマートフォンを取り出し、地図アプリを起動する。しかし、現在地を把握する前に彼女は息絶えた。

「わあぁ、スマ子！　僕を置いて逝くなよ！」

困ったな。事態は悪化するばかりだ。大通りまで抜けることが出来れば道はわかるのだが。周りをクルクルと見回す。

すると、彼の目にアパートの前の小さな張り紙が映った。漏れた太陽の光がそこだけを照らし、白く反射している。まるでこれに気づけと天が導いているかのように。

彼は目を凝らす。上部の「空き部屋有」の文字が読み取れると同時に心拍数が上がった。近づいて、さらに目を細める。

「うそ、バカみたいな値段……」

驚いた。都心では見たことがないほど破格すぎる。そして期待する。あるのではないか、読み込んでいけばあるのではないか、あの四文字が。期待を込めて、その張り紙を上から下まで舐めるように見た。

「あるかなあるかな――、オッ、よしよし！　『ペット可』だ！」

一番下にあった番号にかけようとスマホを取り出すが、絶命したことを思い出し元に戻す。とりあえずメモをとり、すぐそばの公衆電話で内見をしたいと電話をかけた。

なかなか借り手が見つからなかったのか、電話口でアパートの大家はひどく喜んでいた。彼はついでに、ここから大通りに出る方法を聞き出すと、無事に家までたどり着いた。

後日内見をし、即決だ。今までの部屋にはおさらばして、鏑木は獅子丸と新しいアパートに引っ越してきた。実に晴れ晴れした気持ちで、新しい生活の始まりだ。

それにしても、これは一体どういうことなのだろう。部屋の大きさはさして変わらないが、前の部屋とは比べ物にならないほど安い。噂の事故物件というやつかもしれない。

お化けなどをあまり怖いと思ったことがない鏑木には、殺人だろうと自殺だろうと気にすることではなかった。なぜだか昼間でも薄暗く感じるこの場所は大通りから少し入ったところにあり、とても静かである。二階の人も猫を飼ってるようだったが、彼とは行動パターンが違うようで、まだ会ったことはなかった。姿を見たことがなかっただけに、たまに上から流れ込んでくる会話が気になって仕方がない。

「ミャアアアアアアアア」

「そんなこと言われたって、駄目なものは駄目なの！」

聞こえてきたのは若い男の声だった。とても気になる。彼は確実に猫の虜だ。こちらからも猫トークを振れば、仲良くなれるだろうか。癒される会話以外には特に音はない。前とは大違いだ。

しかし、そんな幸せな日々も長続きしなかった。早くも新しい悩みのタネが生まれた。ただいま現在進行形で芽に根をすくすくと伸ばしている。今度はどうやら、ストーカーに付きまとわれ始めたようだった。

最初は気のせいだと思った。大学で数回見かけた程度の関係だったのだ。しかし、それは学内だけではなくなる。スーパーで日用品を買っていても、休日出かけても、気づくとその女が目に入る。ウチの学生ではないようだと聞いてからは恐怖だった。話しかけられそうになるたびなんとか避けてきたが、ついにはお気に入りのラーメン屋で店長に僕について聞いているところまで見てしまった。もうこれで数週間だ。

彼は気が狂いそうになった。神様は良いことがあれば、必ず悪いことが起こるようにしているのですか？　しかし僕は屈しない。彼女をあの聖地には一歩も入らせない！

大学からの帰り、駅の中を歩いていると当然のように彼女がいた。このまま素直に帰宅するわけにはいかない。でも大丈夫。ネットでこんな時の対策を調べた。

スタスタとホームに降りていき、行き先も確認せず、彼は止まっていた電車に乗った。ドアのそばに立ち、緊張で足に力が入る。

「──アイツも乗ったか?」

それと同時に、「間もなく出発します、ご注意ください」というお馴染みの放送が流れた。尾行を巻く術電車編、まさにこの状況に即している。彼はプシューとドアが動き出すと同時に電車を飛び降りた。振り向くと、女は驚いた表情をしながらドアにへばりついているのが見える。

やったやった! 心の中で拳を振り上げ、彼はとても愉快な気持ちで大通りから東に位置するアパートへと帰っていった。

これからはやはり、買い物をする時間などにも気を使わなければならないだろう。彼女の積極性が日に日に増している。次何か必要になったときは夜中でも開いているコンビニを頼ることにしよう。──そう決めて、数日が過ぎた。

ある夜、寝ている獅子丸の隣で病理学の教科書を熟読していると、外でガシャンガシャンと大きな音がした。これは二階の住民が階段を使う時の音だ。時計をみると、もうすぐ日が変わる。こんな時間にどこへ行くのだろうか。二階の彼は今まで夜中に出かけるようなことはしなかったため、鏑木にとってはとても不可解だった。

「そうだ、僕もそろそろコンビニに行こう」

財布とスマホをポケットに入れると外に出た。真夜中に近いのと、街灯もまばらで外は真っ暗だ。

保存の利く缶詰やカップラーメンなどをいくつか買っておけば、しばらくは困らないだろうか。キャットフードも少なくなってきたから、この機に確保しておいた方がいい。

公園を通り抜け、人通りの少ない路地を進むと目的のコンビニが見えてくる。考え事をしていたためか彼にはこれがあっという間に感じた。

まずは缶詰を――。そう思ったが、お菓子の棚にチョコを見かけた。目が合ってしまったのだからこれは仕方がない。三つほど、大量にチョコが詰め込められたお徳用パックを手に取ると、今度こそは缶詰の棚へ向かった。

随分といっぱい種類があるなあ。

彼は素直に感心する。缶詰などあまり買ったことがなかったため、魚介類からパイナップルなどのフルーツまで用意されていることに少し驚いた。しばらくどれにしようか悩んでいると、なんだか視線を感じる。

左の方をちらっと見た。こちらを凝視する青年の姿が瞳に映る。その行動はとても気軽に行われたものだったが、これが鏑木の運命を大きく変えることとなる。教会の鐘が、舞い散る花吹雪のなか盛大に鳴り、天使たちがくるくる周囲を飛び回りながらラッパを吹かせるような――。つまり、彼と目が合ったことで心が一気に締め付けられたのだ。柔らかそうな癖毛にはっきりした二重まぶた。男らしさを残しつつも、可愛いが散りばめられている。口を半開きにしたまま、両手にサバ缶とツナ缶を持って見返されていることとさえ好印象に転じた。

これを一目惚れと言わずして、なんと表現すればいいだろう。今までどんな女の子と付き合っても、長続きしなかった理由がたった今わかった気がする。

スッと心を鎮め、あたかも平静であるかのように装った鏑木が相手にニコッと笑いかけると、その青年は一瞬固まった。しかし、すぐに棚に肘を乗っけて寄り掛かりながら言う。

「や、やあ、こんばんは。君もこんな時間に買い物？　俺は女王様にパシられちゃってさ」

自分で言ったセリフに照れて赤面する彼に、鏑木潤はなおさら興奮した。

三、猫に導かれた男たち

プリン、ブラウニーにアイスクリーム。フルーツやチョコレート、おまけに山のようなホイップクリーム――。メニューはどれも、一日分の必要カロリーが簡単に摂取できそうな豪華なパフェやパンケーキばかりだ。値段の割に見た目が華やかであることが人気の秘訣か。甘い匂いが漂う店内は殆ど女性客で占められていた。

はるばる又田日町にも進出し、駅前に新しくできたばかり。しかも、木曜日だというのに結構な賑わいだ。テレビで紹介された影響も大きいのだろう。町民の肥満率を上げる算段か。甘党でなければこの空間には耐えられない。

皆が芸術作品のようなデザートに目をきらきら輝かせ、きゃっきゃとそれを堪能する中、一際この雰囲気が似合わない男がいた。菊池理央だ。ほとんどが複数人で食事する中、彼はたった一人で座っていた。貧乏ゆすりをしながらテーブルに肘をつき、コップを両手で持って水をちょびちょびと飲む。席に通されてからまだ数分しか経っていなかったが、かなりの時間が過ぎていった気がしていた。

「ああ、帰りたい……。でも三時間のデートってことになっちゃったし……」

昨日の悪夢からまだ半日も経っていなかった。前の晩から何も食べていない毬子がミャアミャアと騒いでいる。だが、だからと言ってすぐに解決できるだけの金もない。物の管理が下手な理央は、銀行のカードなども財布に入れて保管していた。これで外出する際、財布さえ持っていれば家に泥棒が入ろうと気にすることはない。それに、大切なものを家の色んなところに置いておくよりは、一箇所にまとめている方が楽だからだった。この場合、楽も糞もないが。

結局目覚ましをかけそびれたことで、起きた頃には隆雪が出かけた後だった。頼めばいくらか貸してもらえたかもしれないのに。どう対応しようか悩む周りで、毬子がミャアミャアミャアミャアミャアミャアミャアミャアミャア。

『昨日の夜から何も食べてにゃいの！　ご飯も財布も落としてきちゃって！　毬子にまで迷惑かけて悪いと思わにゃいの？　さっさと取り返しに行って！』

彼女の鳴き声を脳内で勝手にアテレコした彼は、

「でもアイツがタダで返すわけないじゃん！　きっと何か企んでるよ！　チューしろって？　ヤろうって？　いや流石にヤろうは頭おかしい考えだけどさ、でもどうせそんなこと考えてるんだよ！」

と言い返す。毬子に人語はわからなかったが、珍しく冷たく対応されたことだけは感じ取り、部屋の隅へと消えていく。

「ふん！」

理央は彼女に構うことなくスマホを拾い上げた。

「やばいこと言ってきたらいよいよ通報してやる」

ぶつぶつ呟きながら、昨夜から無視したままのメッセージに返事を打ち込む。ぶっきらぼうに「条件は？」の一言だけ、ポンッと。まどろっこしいのはまっぴらだ。全部わかってるんだぞということと、非常に怒っているんだぞということが、それはそれはよく伝わることだろう。

今日が平日だということを考えれば、相手は今授業中だろうか。そうなると、なかなか返事はこないかもしれない。ちなみに言うと理央だって午後には必修科目の講義がある。しかし、この状況と比べてしまえば心底どうでもよかった。

そんな中、潤の既読が思いのほか早くついた。まだ一分も経っていない。彼いわく、講義はもう終わったらしい。大学で自習をしていたそうだ。二人はメッセージを駆使して交渉を進める。結果——、本日三時間デートに付き合えば、財布とついでにキャットフードも返す。

というところで落ち着いた。そして、待ち合わせはこのカフェだ。理央だけ先に到着し、潤が来るのを一人で待っていた。

冷静になってきた今、理央は不安になりつつあった。

「あれで手打ちにしたのはちょっと早急すぎたかな？　そもそも、言われたとおりに軽々と来ちゃったけど、客観的に見たら馬鹿な行動かな。何か対策をとるべき……？」

そこで強い味方の存在を思い出す。

「ハッ、そうだよ！　別日にして、雪ちゃんを恋人だって紹介したら色々諦めてくれるんじゃ！　警察官だし強いんだよって。このデートが無意味なことにも気づくかも」

今はちょうど張り込みの最中だろうか。大通りの西側にある一つの店を家宅捜索するため、割と近くに位置する理央の家に泊まりに来たのだ。今日は何とか毬子に我慢してもらって、他の日にならなんとか。

「い、いやいやだめだよ。男連れてったら逆に可能性感じさせちゃうじゃん。頭ごっちゃになってきた……」

大体、こんな条件こちらの得なんて一つもない。もっとやりようがあったのではないかと思う。それに、相手に条件を聞くのではなく、昨日の公園にでも来るよう強めに言えば良かったのではないだろうか。こちらで勝手に何か企んでいるだろうと踏んでいたけれど、そんなこと、考えてすらいなかったかもしれない。今からでもやり直したいが、一度了承してしまっているものを簡単に引いてくれるはずもないだろう。

「うー最悪。もっと慎重に行動してよ、理央くんさあ」

イライラすると正常な判断ができない。うだうだ悩むくらいなら、相手が来る前に一回出直そうか。

しかしここで時間が来た。カランッと誰かが店に入った音がし、気づいて顔を上げると目が合った。

「お待たせ！　待った？」

さわやかな顔で、ただし少しニヤつきながら彼は定番のデート文句をいう。まあもういいや。ここまで来たら付きやってやる。不快に思わせてやれば、それはそれでこの後のために好都合だ。

「まだまだ待ち足りないよ。あと三時間くらい喜んで待つけどね」

彼は皮肉たっぷりに浴びせる。だが潤は理央と「デート」をしているという事実だけで大満足らしく、このくらいは痛くも痒くもないように見えた。

「甘いものは好き？　ここ一度来てみたかったからさ。好みが合うといいんだけど」

理央の向かいに腰をかける。それを見て、すかさず白いふわふわのエプロンを身につけた女性が注文を取りに来た。

「あ、このマシュマロが載ったココアを一つ。えっと、理央は？　決まってる？」

潤は理央の表情をうかがう。彼も別に甘いものが嫌いなわけではなかった。むしろ、甘いものには目がない方であったが、なんとか対抗したいと考えて、

「コーヒーをブラックで」

涼しい顔で一言放つ。コーヒーなんてこれまでの人生で一度も飲んだことはなかったが、彼の知っている中で一番大人な飲み物はブラックコーヒーだ。このあと、彼が盛大にむせることは占い師でなくても予期できることであった。

「初デートと言ったら映画が定番かな。でも三時間しかないのにそれは勿体ないし——、とりあえず大通りをブラブラして、面白そうな店があったら入ろうよ」

飲み終わると二人は早速店を出た。潤が手を差し出し、

「じゃあ行こ？」

と優しく言う。その手はなんだ。理央は眉間に皺をよせ無言で潤を見た。

「繋がないとデートにならないよ？　ほらほら」

彼は暗に財布のことをチラつかせる。カバンを引っ掴んで奪い返してやろうかとも考えたが、力で勝てないことは身にしみてわかっていた。挑みに行ってもどうせ失敗し、可愛いだとか言われて煽られるのがオチだ。

「はいはい、繋げばいいんだろ？」

数センチ手を持ち上げただけで、すぐに潤の方から掴みにきた。二人は仲良く手を繋いで大通りを歩く。

駅前の広々したその道は会社や事務所のビルだけでなく、洋服や雑貨の店が入った建物が高さバラバラに立ち並ぶ。又田日町のメインストリートともいえるだろう。南に位置する駅から北に向かって一直線だ。大通りの東の方には比較的一戸建てが多く分布している。小学校や公園などもぽつぽつとあり、理央のアパートもこちら側だ。

潤に連れられ、理央は片っ端から店を見ることになった。どの店でも同じように、

「これ着てみてよ！　こっちも絶対似合う！」

潤が大量に服やアクセサリーを持ってきては、理央は着せ替え人形のように遊ばれた。声が大きいし恥ずかしいし、いちいち脱ぎ着を繰り返さなければならず結構面倒だ。潤に対するクールやミステリアスといったイメージも、一緒にいるほど崩れてい

く。

昨日はキャラを作っていたのか。とんだ猫かぶりだな。ぶつぶつ文句を言いながら理央がトップスを脱ぐと、

「あ、着たらこれもかぶって」

試着中にジャッと潤がカーテンを開ける。

「うわ、いきなり開けないでよ」

反射的に持っていた服で肌を隠した。普段なら見られても気にすることはないのだが。そのまま手を伸ばして帽子を受け取ると、

「——ふふ、恥ずかしがり屋なとこも可愛い」

潤が勢いよく閉めたカーテンに、理央が一瞬遅れてボフッと帽子を投げつけた。

時々おかしなことを言ってくるものの、潤の持ってくる服は全てよく似合った。最近忘れかけていたが、理央自身、自他ともに認めるイケメンなんだ。そのざっくばらんな性格と気持ち足りない身長のためか、周りからの扱いは親しみやすいの度を超え、雑になることも度々あった。そういうの嫌だよね。だが、今日は違う。試着を繰り返すほど、理央は潤に乗せられだんだん楽しくなってきた。

ウインドーショッピングにもほどほど満足し、二人で軽く食べ歩きをしていると、

いつの間にか通りは夕日で赤く染まっていた。潤は田舎にいた頃の話や老人らの愛の論争に巻きこまれた話をし、理央は思わず吹き出した。ぐふふと腹を抱える理央に対し、潤は彼らのことをそれはそれは盛大に馬鹿にしながら、いかに酷かったか面白おかしく語った。

片や理央は、今までに試したちょっとしたバイトについて話す。

「接客とか、運送とか、試験監督とか、いろいろなバイトをやってみたけど、やっぱり何でも屋みたいなものに憧れるんだよね。フリマアプリで売る小物作ったり、子供とかペットのシッターに登録したり、迷子の犬猫探しもやったりしたな。道で似顔絵描いたり……。あ、あと代理彼氏とか面白かったかな。大学で彼氏のふりを頼まれて、一度やったらお金あげるからしばらく楽しませてくれってさ。みんな恋愛疲れしてるのかな？　他の人から頼まれることも何度かあって、途中からデートっていうより人生相談みたいになってたよ。ずっと愚痴を聞いて、なんだかんだ恋人ができるまで見送ってたな。それで最近はねぇ――」

理央は指折りしながらペラペラ続けるが、潤は「代理彼氏」という単語に静かに衝撃を受けた。気軽に他人の恋人のふりなんかをしていただなんて。彼の中の常識では普通ではなかった。

お金を払う方は都合のいい相手が欲しいということだろう。格好良くて、そして嫌なことを言わず女子目線の気持ちがよくわかる、そんな相手に抜擢《ばってき》されるのだから、彼は大学内でも男として評価が高いと思われる。しかし、恋人を目指すわけではないのは割り切れた関係でありたいということだ。しかも同じ校内の身近な人物だということも加えると、相当軽くあしらわれる立場にいるとは言えないだろうか。皆顔が良いと認めていつつも、実際あまりモテてていないのでは？

潤は自分の仮説によって希望を感じ、表情が明るくなる。それと同時に、「――とかやってたんだよ」と理央は話をとじた。

「ふふふ、色々やっててすごいね」

「うん、たのしいよ。でも全部がうまくいくわけじゃないからさ。おじいちゃんみたいに何かで一発当てられたらいいんだけど」

株にでも手を出すべきだろうか。理央にとって、それはギャンブルのようなイメージが強い。もう少しちゃんと授業を受けるべきか。

「ふぅーん」

大変なものだなと思いながら、潤は気になったことを何気なく聞いてみた。

「おじいちゃんは何をやってる人なの？」

「ええ？　知りたいー？」

理央は嬉しそうに言うと、意味ありげに片眉だけ上げ、道の先を指差した。実にタイミングのいい質問だった。潤は「ん？」とその意味を考えながら目でたどると、彼らの前方にある蕎麦屋が目に入った。沢山の人で賑わい、大繁盛といったところか。

「アレ！　あの店の創業者なんだよ！　ちょこちょこ見かけるでしょ？　もう名誉会長みたいになっててね、お金があるからって気分ですぐ引っ越しちゃうし、それを知らせてくれない上に、電話もなかなか取らないんだけど――、まぁそーゆう何にも縛られない自由な老後ってのも憧れるよね。ちなみに、あの名前は俺が考えたんだ！」

理央は自慢げに笑みを浮かべる。だが、一方で潤は看板の文字を見て絶句していた。あたりが暗くなってきたことで「猫蕎麦」の文字がなおさら赤く輝いている。

「蕎麦は普通なんだけど、海苔の並べ方を猫のヒゲみたいに――」

隣で理央がペラペラ語っているが、潤の耳には届かないほど動揺していた。頭の中で壮絶な葛藤が繰り広げられる。

理央はあんな風に言っていたけど、その老人が今どこに住んでいるか教えた方がいいか。連絡が取れないなんてやはり心配だろう。しかし、さっき調子に乗って散々馬鹿にしてしまったし……。

潤は少し考え結論を出す。そう、話をそらすことにした。

「んーあー、そういえば！　理央の大学はどこなの？」

理央はしばらくの無言の時間と、自分が名付け親だということに対し何もコメントがなかったことで少し戸惑った。自分で言うのもなんだが、さっきまであんなに好きだ好きだという気持ちを隠すことなく、仕草の一つまで舐めるように見てきていたのだ。理央自身に深く関連する話題なら絶対食いつくと思ったのに。まあ、いいけど。

「A大学の商学部だよ。えっーと、たしか獣医学部だっけ？」

「あ、うん！　そう！　小さい頃から猫が大好きだから、将来の仕事と言ったら獣医くらいしか思いつかなかったんだ」

そこからはお互いの猫トークで盛り上がった。潤は二階の住民が猫と会話したり言い争ったりする声がよく聞こえてくると言って二人で大笑いしたが、どちらもその二階の住民とは一体誰なのかということには気がついていなかった。

あっという間に日は落ちて、デート時間の終わりが近づいていた。しかし、潤はまだやり残したことがあるようだ。

「あと十五分しかない！　理央、走るよ！」

と声を弾ませる。

元気だなあ。理央は手を引かれ、ひきずられるように走った。これだけ一緒にいても、理央の中ではやはり恋愛対象は女性だ。しかし、思いのほか楽しんだのも事実だ。第一印象が非常に悪かったことから、人生最悪の三時間になることも覚悟していたのに。恋人というのはやはり難しいが、友人としてなら結構楽しいんじゃないか。

理央の潤に対する気持ちが良い方向へ変わろうとしていた時、気づくと大通りの西側まで来ていた。小さい頃に友人と来たことはあったが、大人になってからくるのは初めてだ。

この西側というのは、居酒屋やキャバクラ、バーなどが混沌とする大人の空間である。上空から覗いてみれば、次から次へと空いた狭いスペースに建物が建てられた結果、入り組んだ細い路地が幾何学模様を描いている。東側には小学校や図書館などがあるため、このような店を建てられる区画は制限され、西側に集中しているのだ。少し前に隠れ家的な酒屋が流行ったことが、ココを迷路と化すのに拍車をかけたとも言える。

詰まるところ、よからぬ商売をするにはうってつけの場所なのだ。そのため、大人は子に絶対に踏み入ってはならないときつく言ってきた地域であり、ここで育った純粋な子供たちは一度は探検と称して踏み入ったことのある場所だ。

ここは一体どの辺だろう。理央が周りをキョロキョロしながら走っていると、目的地は一つの建物のようだった。それはムンムンと、何とも言えない雰囲気を醸《かも》し出す。

「ここだ！　ほら、入ろ！」

声を弾ませた潤が当然のように彼を中へ導こうとする。しかし、理央は唖然と立ち尽くした。

確かじゃないけれど、これは、やはり、そうだよな。潤の態度があまりに自然なため、違うのではないかと思ったが、理央は一瞬遅れて潤の腕を振りほどいた。

「ほらっじゃないでしょ!?　なんなんだよほんと！　やめろ、引っ張るなって！　三時間付き合ったんだからいい加減返せよ！」

こんなにも拒絶しているのに、潤はなんだか楽しそうだった。振りほどかれた手を再び摑んで「入ろうよおー！」と引っ張る。実際、潤は入ろうと入らまいとどちらでもよく、理央の反応を楽しんでいただけだった。そんなことを知らない理央は必死だろう。一方は楽しそうに、もう一方は心底嫌そうにホテルの前で揉み合う。

しかし次の瞬間、何かに潤の視線は奪われた。血の気の引いた顔をし、大きな電飾看板の裏に隠れる。突然のことで何が起こったのか分からなかった理央は潤に全身の力一杯に腕を引かれ、看板の裏に倒れこむよう引っ張り込まれた。

「何すん……！」

潤は理央の口を手で押さえて「シッ」と言う。

一体なんなんだ。理央はお尻をついたまま潤の視線の先に目を向けた。塞がれた手が離れると同時に「あ！」と声が漏れた。再び口を押さえられて「シッ！」と怒られる。

しかし、あのくるくるの髪には見覚えがある。理央がモゴモゴ言い、潤の腕をポンポンたたくとやっと解放された。今度は声を落として言う。

「彼女、華夜ちゃんだろ？」

潤は驚いた顔をした。

「知ってるの？」

理央はブンブン頭を縦に振った。

「占いのお客さん第一号だよ。さっきちょっと話したやつね。それで？　何であの子から隠れるんだよ」

「ああ……」

あまりよく聞いていなかった部分だ。潤は曖昧に答えながらとりあえず理由を話した。

「――あいつ、僕のストーカーなんだ。大学に行ってもスーパーに行っても、気づくと視界に入って……。それに何度も何度も話しかけてこようとしてきて、気味が悪くて。はぁ、もう女にモテたって仕方がないのに」

うんざりだという彼を見て、理央は鼻で笑った。しかし、すぐにあることに気づく。

「あ、ああ！　そう言うことか！　――あの子、お前のこと運命の人って思ってるぜ」

潤が眉間に皺を寄せ、渋い顔をする。

「こんなに特徴がバッチリ合う人がいた時点で気づくべきだったよ。あれはお前の特徴をそのまま片っ端から並べてたんだな。へへ、最後には一万円も惜しむことなく渡してきてさ。危ない奴だなぁ」

潤は両手で髪をかきあげると、大きく深呼吸をした。

「ああ、最近どうも不幸続きなんだよ。爺さ……、いや、お爺様達のためにわざわざ引っ越して、今度はストーカーに追われて。君に出会えたのは幸運だけどさ」

「ハハ、ありがとー」

理央は潤に向かって苦笑いしたが、すぐに華夜に視線を戻した。別に自分は隠れる必要はないんだけどな。ちょっとした仕返しで背中を押してやろうか。

しかし、そんなことよりはるかに良い、この状況の価値ある利用法がポッと頭に浮かんだ。

「あ、ねねねねね、彼女に見つかりたくないんでしょ？　協力してあげる」

潤は「ほんと!?」と黄色い声でいう。

「ほんとほんと！　だからさ、とりあえず返すもん返して」

そのためか。潤はムッとし面白くなさそうだったが、彼の両手に財布とキャットフードを収めた。

よし！　理央は心の中でガッツポーズ。二つのアイテムを取り返し、リュックサックの一番奥深くまでギュッと押し込んだ。一息ついて口を開ける。

「この辺は細い路地が入り組んでいるんだよ。小さい頃よく探検していたんだけど、一度迷い込むとなかなか大通りに出られない。来た道を戻るのが一番だけど、彼女がいるから難しいし、やっぱりこっちの奥に進んでいくしかないね」

方針が決まると、身を低くしながら、華夜がいる場所とは反対方向に進んだ。とりあえず、目の前に現れた細い路地に身を隠すため飛び込む。

彼女のせいでせっかくのデートは邪魔されてしまったが、何だかんだ理央と一緒にいられる時間が延びそうな予感がし、潤は少しだけ彼女に感謝した。それに、「吊り橋効果」という言葉もあるしね。

「それで？　このあとはどっちに行けばいいかな」

潤が理央に問う。

「えーっとね……」

探検するたび、何十回と迷子になってきた大通りの西側だ。勘で進んで行ったとしても、すでに日が沈んだ今、脱出が難しくなるだけだろう。やはり、彼女がいなくなるのを待った方が得策だろうか。理央は通りからヒョコッと頭を出す。潤も覗こうと思って身を乗り出したが、

「わっ！」

理央は華夜と目が合いそうになり、急いで潤を押し戻した。

「気づかれちゃったかも……！　とりあえずこっち進んでみよ！」

大人二人が横に並ぶのがやっとだ。そんな路地を奥へ奥へとせっせと進んだ。彼女に覗かれては一発でバレてしまうので、何度か角を曲がる。

さあ、この後どうしたものか。華夜が来ていないことに注意しながら策を練った。どこからか、酔っ払いなど往来する人の声が聞こえる。道を挟んだ先に居酒屋が並んでいるのかもしれない。隣の通りに出られたら良いが――。理央が何か口にしようと

したその時、足元でしゃがみ込んでいた潤が声を上げた。

「理央！　みてみて！　これめっちゃ可愛い」

「ん？」

暗い中、彼も一緒になってしゃがみ込み、隙間から漏れてくる光を頼りに目を凝らす。

「ああ！　招き猫！」

高さ二センチほどの小さな小さな招き猫が、自慢の小判を輝かせ左手を上げていた。

「ちっちゃくてかぁわいいなぁ」

猫好きの二人が肩を寄せ、目を輝かせた。

「あ！　あっちにも！」

潤が声を上げ、理央も顔を上げる。路地のさらに奥の方にも、小さくキラキラしたものが見えた。こちらも二センチほどの招き猫だ。これをきっかけに、理央の埋もれた記憶が呼び覚まされた。

「そうだ、そうだよ！　これだ！」

彼はピョンピョン飛び跳ねる。

「思い出した！　これ、大通りまで繋がっているよ！　昔、探検仲間と辿ってみたことがある！」

「ハッ……、じゃあまさか――」

「華夜ちゃんと鉢合わせせずに外まで出られるよ！」

わーい！　スマホの地図アプリを使えば簡単に最適ルートを検索できただろうが、二人は招き猫を辿ることを選んだ。そこまで考えが及ばない。こんな面白そうな餌が撒かれては盲目になるのも当然だ。

暗くて細い路地を夢中になって進む。示されるまま、初めは人通りのある道やすぐその脇といった小道を使っていたが、進めば進むほど、店頭や街灯の光もあまり届かなくなっていった。そのことに気づく様子もなく、どんどんどんどん奥へ奥へと――。

十分ほど経った頃だった。古びた大きなドアが二人の行く手を阻んだ。終着だと言わんばかりに、その横に一際大きい招き猫が鎮座している。壁には一つ電球がついているが、蛾がたかり、今にも消えそうなほど弱々しい。

「……あれ？　行き止まりだ」

潤が理央の方をチラッとみる。このまま進んでいくのが正解なのか。顔色をうかがうが、理央はその視線に気づかないふりをして明後日の方向をみた。どうやら彼にとっても予想外な展開らしい。お互い声を発することなく、奇妙な時間が流れる。

「――もしかして、反対方向に辿って行っていればすぐに外に出られたんじゃ……」

潤の言葉に理央は「なるほど！」と指をパチンと鳴らし、

「じゃあもう一回こっちに向かって猫ちゃんを辿れば――」

と、来た道の方へ一歩踏み出しかけた。しかしその瞬間、暗闇の先で何かが動く。

二人は静かに顔を見合わせると、注意深くその正体を探った。だが、中途半端な電球は路地の奥をなおさら暗く見せ、ほとんど何も見えない。

カタ……、カタカタカタ……。

何かが動く音がやはり聞こえる。気のせいではない。理央は自身が人一倍怖がりだったことを思い出し、たまらず潤の腕を掴んだ。掴まれた方の彼の心は一瞬キュンと締め付けられ跳ね上がったが、これは格好いいところを見せるチャンスだ。気を引き締め、理央に耳打ちする。

「ねぇ、もしかしてアイツ、ここまで追いかけてきたのかな……」

「まさか、そんなバカな」

そうじゃないと信じたいが、では何がいるんだと言われても答えが見つからない。音と気配がどんどん近づいてくるのがわかる。身を隠そうにも、すぐ後ろはどこにつながるともわからない大きなドアだ。前にも後ろにも進めない。

奴に立ち向かうか、得体のしれない扉を開けるか。どちらに進む決心もつかないまま、二人はその場を動けずにいたが、

ガリガリガリッ!!!

その何かが突然大きな音を立てたことをきっかけに、二人は迷わず後ろのドアに飛び込むことを選んだ。

ガチャンッ!

鍵が閉まる音が響き渡り、誰もいなくなった薄暗いその場所はシンと静まり返る。

音の正体は一体なんだったのか。そいつは端に積み上げられた木箱の下から、ぐったりとしたネズミを咥《くわ》えて現れると、尻尾を立てて再び暗闇へと消えていった。

四、猫に惑わされた女

何事も、下積み時代というのは苦労の連続である。なかなか自分の思うように事が進まないのはもはや仕方のないことなのだろう。しかし、一か月ほど前のことだ。ついに彼女にもチャンスが到来し、橘《たちばな》は情熱に燃えていた。

小さい頃から、彼女は推理もののドラマが大好きだった。そのため、将来は検事や警察官、裁判官もいいし、探偵も魅力的だと感じていた。

中高までは気軽なものだ。好きに夢が語れるし、幅広くみられる。だが、大学受験が近づいてくると、具体的な将来像を練っていかなければならない。そうでなければ、そもそも専攻が選べないだろう。

彼女が高校三年生になった頃、いくら親や担任と話し合おうと、気持ちをなかなか一つに絞れなかった。残りの青春は受験勉強につぎ込みつつ、テレビを見る時間もしっかりと確保する。溜めておいたドラマを見るのが至福の時間だ。

そんな時、丁度流行っていたものが彼女の背中を押してくれることになる。やはり、彼女の運命を決定づけるものはドラマでなくてはならない。そして、それは熱血漢な弁護士もののドラマであった。

いかなる裁判でも小さな証拠をかき集め、相手をコテンパンに論破し勝利を勝ち取る。勝率百パーセント、その名も百勝憲章《ももかつけんしょう》の背中に絶大な影響を受けた彼女はついに弁護士を志すことを決めたのだった。

現在、大学卒業したてほやほやの橘は大手弁護士事務所の一弁護士として所属している。なんとか良いところに就職できたのはいいが、見方を変えれば優秀な弁護士がずらっと名を連ねていると言えるだろう。これまでの仕事は雑用ばかり。

ヒヨっ子には先輩のアシスタントがお似合いだ！

別に誰かに言われたわけではなかったが、彼女はそう思われているようで仕方がなかった。一人一人の信用や信頼、確実に勝てるという実力が重要であり、それが事務所全体の評価となる。新人に任せて負けられでもしたら大変だ。そういう事情はわかっているのだが、自分には充分な実力があると思っている彼女にとって、一向に裁判を任せてもらえないというのはストレスの原因である。

「ああ、憲章先生のように華麗に裁判で勝ちたい……」

資料を整理しながら静かに呟く。前回裁判のアシスタントをした時の資料だ。先輩の柳瀬《やなせ》が先陣を切り、圧勝だった。橘は彼女を憧れの百勝の姿と重ねることで、心から尊敬している。

そんな柳瀬も面倒見がよく、彼女のことは特に、気味が悪いほど可愛がっていた。頑張っている後輩には男女構わず甘々なのだ。他の先輩の誰に聞こうと、柳瀬のことはクールだとか格好良いだとか言うが、それは表層だけをなでたような意見であることを橘は知っている。

ルンルン鼻歌を歌い、誰もいないのをいいことに、足を組んで椅子の背もたれをギコギコと鳴らしながら前後に揺れていると、突然ドアが開いた。

「おーい、橘！　ちょっといいか？」

不意の来客に彼女はビクッと驚き、手にしていた紙を破るところだった。

「はい！」

緊張しながら声を張り上げる。だが、よく見れば何のことはない。

「ああ、柳瀬さんか」

そこには、前髪をかきあげたボブがよく似合った美人が立っていた。サボっていたことを悟られないよう、橘はゆっくり姿勢を整える。対する柳瀬は、彼女の動きにあまり気をとめることなくツカツカと歩いてきた。充分近寄るとニコリと笑い、背中で隠すように持っていた冊子をサッと掲げた。

「おめでとう！　ほら、プレゼント」

そのまま彼女の手の中に収める。橘はいまいち状況が読めないまま、促された通りホチキスでとめられたその紙束に目を落とす。しかし、あまりの内容に一瞬で顔を上げ、息をのんだ。こ、こ、こ、これは！

「今度の弁護をお前に任せ――」

「本当ですか!?」

食い入るように叫ぶものだから、柳瀬は言葉を失い、代わりにただ頭を縦に振った。橘の顔がパッと明るくなる。それを見た柳瀬は自然と頬が緩み、頑張った甲斐があったと嬉しくなった。

同期の新人たちの中で、遂にアシスタント以外の仕事を任されたのは橘が初めてだ。これは本人の実力だけで成し得たことではなく、柳瀬が上にかけ合ったためでもあったが、橘は知る由もない。椅子をくるくる回しながら盛大に喜んだ。

頭の中で百勝の名言がクルクルと巡る。どんなに些細な裁判であろうと隙を作ってはならない。証拠は多ければ多いほど有利に働き、裁判で自分の流れを作ることができる。裁判に勝つことこそが依頼人の望みであり、勝ち数を重ねるほど上への階段が伸びていくのだ。

そうとなればこんな所で道草を食っている場合ではない。床に置いていた黒いリュックに、手帳やら何やら机に置いていたものを鷲掴みにして詰め込んだ。柳瀬が何か言おうとしたが、彼女はそれに被せるように、

「早速依頼人に話を聞きに行ってきます！」

ぴょんと立ち上がり、先ほどまでの仕事をそのままに部屋を飛び出した。ドアを閉めた勢いで資料が舞い上がる。

「そんな大した裁判じゃあ――、ないんだけどなぁ。悪いけど」

一人残された柳瀬は呆然としたが、すぐに他の感情が溢れ出てきた。可愛い後輩が遂に裁判デビューだ。うきうきしながら散乱した資料を拾い集めると、彼女の代わりに席に着いた。

さあ、橘が最初に任された裁判はご近所問題だ。あるアパートで七十代半ばの老人二人が騒動を起こしているという。彼女に下された指令はアパートの大家である堂《どう》

林一花《ばやしいちか》の弁護だ。他の住民から二人の老人に対する苦情が多発しており、さらにはアパートを出て行ってしまった人までいるらしい。一花はこれ以上問題が起こる前にと二人に退去するよう願い出たが、逆効果だった。二人は泣きながら、不当退去だと訴えてなおさら騒ぎ立てているそうだ。老人同士の喧嘩は収まりを見せないし、万策尽きた一花は弁護士事務所に相談に来たのだ。

橘は知っている。裁判に勝つには依頼人との信頼関係が重要なのだと。いざという時に依頼人を信じきれないと危ない賭けはできないし、依頼人の信用を得ていなければ積極的に協力をしてもらえない。世間話でもなんでも、そこから得られる情報はあるだろう。どんどん会話を重ねていくことで、一花には「なんでも相談出来る人」と思ってもらえることが重要だ。憲章先生もきっとそうしたことだろう。

橘はその日のうちにアポを取り、彼女と会った。挨拶を済ませると、早速具体的な話に入る。文書で依頼内容は把握していたが、一花本人の口から直接聞くことでわかることもあるものだ。

結果、彼女自身だいぶ参っているという印象を受けた。

「一花さんも大変ですね。アパートの経営は始めてどのくらいなんですか？」

必要書類に名前など記入してもらいながら、当たり障りのない話を振った。

「うふふ、ありがとう。まだ五年ほどなんですよ」

声色、話し方から、彼女は比較的に友好的な人だと感じた。そうとなれば話を広げる方法はいくらでもある。橘は「そうなんですね。きっかけは？」などと質問を重ねていった。

この調子なら早いうちにも良い関係が築けると思う。橘が手ごたえを感じていると、一花はだんだん私的な話を、そんな中でも結構ディープなものまでを彼女に語り始めた。

夫を数年前に亡くした一花は現在独り身。役所から荒れ放題の空き家をどうにかするよう通達されたことで、夫がずいぶん昔に経営していたアパートの存在を思い出したそうだ。古びた建物はそのまま、清掃だけを行い、再びアパートとして再開することにしたらしい。だが話はそれだけではない。

さらに会話を続けていくと、彼女にはずっと音信不通の娘がいることを教えてくれた。娘が未婚のまま子を産んだことで、大層もめたことが原因だった。職もよく、経済的に困ることはないだろうが、一人で育てるのは困難だ。心配な気持ちが空回りし、ちゃんと結婚しなければ縁を切ると一花が娘に告げてしまった。しかし、後から冷静になり後悔する。大変な状況にある娘を責めるのではなく、唯一の味方として支援するべきだった。だがその頃にはもう手遅れで、娘には住所や連絡先を変えられてしまっていた。そのまま今の今まで会えていないそうだ。彼女は父親の死も知らないだろうと一花は言う。

「もう二十年以上も前の話なんだけどね。今頃どうしているかしらって、たまに寂しくなるのよ。——ああ、ごめんなさい話し込んじゃったわね。こういう風に話を聞いてもらえるなんて久しぶりだったから。えっと、それで、訴訟の話だけど、できれば和解でどうにかしたいわ。お金も時間もかかることだし。私としても賠償金がどうとかというより、騒動が収まればそれでいいのよ」

「え、ええ。わかりました。お任せください」

橘はにっこり微笑んだが、あまりのことに少し動揺していた。一花の信頼を得られたのは確かだろう。だが、これほどまでの話をしてくれるとは思いもよらなかった。相当気を許してくれたということか。このことで、なおさら一花の日常を汚す輩をどうにかしたいという気持ちが強くなった。

状況は至ってこちらに有利である。騒ぎ立てる二人を不満に思っている住民は多いし、出て行ってしまった青年にも証言してもらえれば勝利は確実だ。彼の証言は、一花が騒動によって経済的なダメージまで受けていることの確かな証拠となる。絶対に外せない。早々に決着をつけ、こちら側の要望を通すことも容易となるだろう。圧倒的すぎて、むしろ相手は和解で手を打ってもらえることを感謝すべきだ。どちらにしろ、彼女に時間を取らせずに済む。

「よぉーし、大丈夫よ。寝ることを惜しまなければ時間はたっぷりあるわ。なんとしてでも鏑木潤を引っ張り込まなくっちゃ」

しかし、この気合い満々な意気込みが、逆に彼女の足元をすくうことになる。

橘は彼に話を聞こうと、まず大学を訪れ様々な人に聞き込みをした。顔も知らないのだから聞き込んでいくしかない。比較的簡単に、見た目はどうとか、どこによく居るだとかの情報は手に入った。時間帯を変えて何度か訪れることで、だんだんと彼の人物像や行動パターンについてよくわかってくる。しかし、本人にはなかなか会えない。

彼女は得た情報を元に大学の敷地外にも足を延ばす。様々な場所を訪れたことで、何度か本人を見かけた気がした。しかし、毎回すぐに見失ってしまい、話しかけるまでに至らなかった。仕方がないので、訪れた先々でも周辺の人に彼について心当たりがないか聞いて回った。聞き込み、行く、会えない。聞き込み、行く、会えない。これの繰り返しだ。

おかげで彼の性格や日課については詳しくなっていったが、——ああ、彼に会えなきゃ意味がない！

「この間なんて、あれはわざと撒かれたわ！　それ以来彼が全く姿を現さなくなっちゃったけど、どうして？　ただ証言をお願いしたいだけなのに！」

訴状は提出したし、法廷で行う口頭弁論期日も決まっている。そして、その日は着々と近づいてきている。人一人を探すのがこんなにも大変だとは思わなかった。素性も知れているというのに。行き詰まってしまいそうだ。こんなとき、どうするべきか。

初めに思い浮かんだのは、情報屋の存在だった。ドラマではほとんど毎話で百勝に対し情報を提供してくれる様々な仲間が登場する。証拠は多ければ多いほど有利であり、その証拠を集めるには情報が多ければ多いほど良いのだから。彼の言葉に間違いはない。

一発目の裁判だ。どうしても本番で優位に立ちたい橘は、自分にも情報をくれる協力者が必要だと考えた。存在するかも確かではないが、噂でこの町に一万円から情報を売ってくれる売人がいるといわれている。しかし噂は噂、橘はその売人について詳しいことは知らなかった。

見た目はしょうもないガラクタ店だが、それはただのカムフラージュだ。裏ルートで麻薬や拳銃など、表に出せないものを手配している。そのため、そこには情報が溢れかえるのだ。金さえ出せば、集まった情報の一部を買い取ることも可能だし、また、依頼することで店主自ら調べてくれることもある。その人の知名度、情報の重要度によっては手が出せないほど高額になる場合もあるそうだ。

ただし、表口から入ってもそういう類のものは売ってもくれなきゃ触らせてもくれない。欲しければ裏口から入店しなければならないのだ。その裏口は限られた人しか知らない。

ビルが立ち並ぶ夜でもぴかぴかと明るい表通りを歩き、駅から数えて七つ目、西側のビルとビルの間を入り、迷路のような路地を進んでいく。どの道を選ぶべきかはちゃんと目印があるそうだ。裏口から入ることができれば、あとはそれ相応の代金を払うだけ。数日で情報をくれる。

手帳を見ながら、期日まで四日しかないと橘は焦っていた。もうすでに睡眠を極限まで削っている。限界だ。

「七番目のビル、路地裏、目印は猫……」

口伝えの噂が元であるため、彼女は売人についてこの三つの情報しか持っていなかった。しかし、一か八か賭けるしかない。

沈みかけた太陽が、そびえ立つビルたちを赤く染める。彼女は南にある駅に向かいながら、手前からビルを順番に数えていった。七つ目のビルに到着すると、両脇の路地を覗きこむが、目印になりそうな猫関連のものは見当たらない。

「困ったわ……」

しかし、そこでふと疑問に思う。今、自分の後ろにもビルはある。ここはビルが立ち並ぶメインストリートだからだ。道の両側にビルは並んでいる。彼女はなんの疑いもなく、東側に並ぶビルを数えたが、もしかして……。

彼女が後ろを振り向くと、西側に並ぶ二つのビルの間にハマるように、テーブルを構えている人物を見つけた。黒い服と帽子で身を包んだ男が、猫を撫でながら客が来るのを待っている。看板には「見つけます、あなたの運命の人」。

彼女は飛び上がった。

「『見つけます』ですって！　目印の猫よ！　きっとあの人が売人だわ！」

車がいないタイミングを見計らって、横断歩道のないところを彼女は走って渡った。嬉しそうに息を切らしながら彼の前に立つと、男は顔を上げる。しかし、深くかぶった帽子のせいで年齢など細かいことはわからない。

「こんばんは、どうぞおかけになってください」

男が言う。彼女も「こんばんは」と返し席に着いた。

「一回一万円です。よろしいですか？」

「はい、分かってます」

座ったことで、男と目線の高さが合った。思ったより随分と若い男で驚く。しかし噂になるほどだ。腕は確かだろう。

「あなたのお名前は？」

「橘華夜と申します。華やかの華に夜と書いて『かぐや』です」

「なるほど、それであなたはどのような方をお探しで？」

「はい、特徴は――」

彼の容姿や気づいたことなど、橘は見聞きしたことを頭の中で思い浮かべた。これまでの聞き込みは無駄にならずに済みそうだ。正確に伝えるために、彼女は嚙み砕くように話し始めた。

「まず、髪は染めておらず真っ黒のストレートで、おでこをのぞかせたセンターパートです。右の頬には小さなホクロが二つ、キリッとした眉に長めのまつ毛で切れ長の奥二重です。身長は一七二センチ、足はすらっと長く、いい感じの細マッチョですね。

大学は隣駅が最寄りの獣医学部の四年生。趣味は読書と美術館巡り。それに昔はバイオリンもやっていたとか。ですが、インドア派と思いきやスポーツも活発に行い、土日にはジムや友人とのテニスへよく出かけます。あと、特定のラーメン店に週一で通うほどのラーメン好きで、加えて究極の甘党、チョコレートが大好きです。家族構成は祖母、父、母、姉で一人称は『僕』、そして猫派です」

彼女はここぞとばかりに、鏑木潤について知っていることを出し切った。出来るだけ詳細に話した方が売人にとっても仕事がしやすくなるだろう。集めた情報ばかりに夢中で肝心なことを一つ言い忘れたが。

売人の男は少し驚いた表情を浮かべた。そして少々無言になる。

「――随分とこだわりの強いお客様ですね」

男は口にした。

どういう意味かしら？　橘は一瞬戸惑った。しかし、すぐに鏑木潤の生活習慣について言ったのだと納得し、

「そうなんですよ！　お願いです、出来るだけ早く見つけてください！」

と彼に懇願した。

「え、ええ。わかりました……」

男はタジタジになりながらも了承する。そして、彼女の方に向かって猫を押し出し、

「こちらの猫ちゃんにお触りください」

と促した。橘はまた戸惑うが、すぐに「目印は猫」という売人に会うための三原則を思い出す。

そうか、きっとこの猫に触ることによって売人と依頼人の間で契約が交わされるのね。

彼女は黒い蝶ネクタイをつけた猫の首回りを念入りに揉んだ。ふわふわで温かな毛並みに癒される。可愛らしい猫ちゃんだわ。

しかし、その幸せな時間は長くは続かない。売人の男が奇声を上げたことで彼女は現実に連れ戻された。

「三日後の同じ時間、この先の駅の改札前でお待ちください。お探しの方はきっと現れます」

何事もなかったかのように、地図を指差しながら彼は落ち着いた口調で言う。

「は、はい！　ありがとうございます！」

橘はドキドキと心拍数が上がっていた。契約は無事結ばれたらしい。握りしめていた一万円を売人に渡すと、そのまま彼の手を握り感謝の気持ちを伝えた。

さあ駅へ急ごう。夕日に照らされた彼女は裁判での勝利を確信した。なんたってあの噂の情報の売人に頼んだのだ。完璧な仕事をこなしてくれるはずである。こっちはこっちで、その間に残りの仕事を終わらせておこう。

軽やかな足取りで駅へ向かいながら、彼女は大通りの西側へと続く七番目の路地には目もくれることなく通り過ぎていった。

五、猫を秘かに売る男

この場所は一体何なんだ。扉を隔てたその先には、こぢんまりとした長方形の部屋があった。理央と潤の二人は何かの店にたどり着いたようだ。ドアはしっかりと施錠したためひとまずは安心だが、そこは何とも不思議な空間だった。

正面の壁の右半分をきれいに覆うように、鮮やかな彩りの大小様々な仮面や壺が飾られている。どこかの民族が持っていそうな代物だ。それに、窓がないためだろうか。照明はあるが頼りなく、部屋全体が閉鎖的で薄暗く感じる。それが仮面の一つ一つの彫りに影を与えるため、勇ましさが増して見えるのだろう。

だが、そんなものも気にならなくなってしまうほどの異様な光景が部屋の残り部分に広がっていた。向かいの壁の左半分から、赤い綺麗な扉を挟み、彼らが入ってきた扉のある手前の壁まで、目まぐるしい数の多種多様な招き猫で溢れかえっていた。

え、コンセプトは？

潤は眉をひそめ、理央にも同意を求めるように顔を横目で見た。しかし、理央は彼とは違うものに釘付けだった。

二人が入ってきたドアの目の前にはカウンターがあり、彼らの立ち位置からはその内側までよく見える。それで――、彼は店長なのだろうか。なんだか門番という言葉の方がしっくりきそうだが、筋肉が盛り上がった腕を胸の前で組んだ大男が下を向いて座っていた。コクンコクンと、居眠りをしているようだ。サバンナの平原に寝そべるライオンという表現が一番近い気がする。

理央は予想外の光景に目を奪われ、心臓は未だバクンバクンと鳴り続いたままだが、代わりに先程まで追われていたという事実が頭からすっぽり抜けていた。しばらくお互い無言で立っている。しかし、

「やっぱりマッチョだと白いTシャツがよく似合うね」

潤があまりに場違いなことを言うので、理央も緊張が解け、ふふっと笑いをこぼした。

「――変な店だね。なんであんな所に入口があったんだろう?」

ゆっくりと店内を見回す。やはり気になるのは、部屋の大半を占める招き猫だ。その中でも、手前の壁のものは特別なのだろうか。この一面だけはガラス戸で覆われて

いた。大小様々なつぶらな瞳でこちらを見ている。

「うわ！　潤みろよ！　小さいのがめっちゃいっぱい並んでる」

理央はガラス戸に両手をつき、大量に整列した五センチほどの招き猫らに目を輝かせた。近くでみようと、戸を横に滑らせる。それを隣で見ていた潤は両手で顔を覆った。理央の騒ぐ姿と、そして今日初めて名前で呼んでもらえたことでニヤケが止まらない。

「やっぱり、かーわいいなぁー」

潤のその感想を、当然招き猫に対してだと理央は理解した。探索を続ける。

「あ、こっちは毬子みたい」

手のひらサイズのそれが気になった。手にしていた小さい招き猫を棚に戻す。その時、猫の中からさらさらと粒の流れる音がしたようだったが、大して気にも留めない。興味はすでに次に移っている。

「これ買おっかな」

毬子似のものを持ち上げると、値段を見るためひっくり返した。そこに値札はなかったが、代わりに黒い蓋が付いている。貯金箱か？　上に小銭が入るような穴は見なかったが。

不思議に思いながらも、とりあえず開けてみることにした。中には干し草のようなものが詰められた透明の袋が入っている。

なんだろう？　理央はしばらく考え、

「ああ、消臭か」

と少しトンチンカンな答えを出した。

その頃、潤は目を閉じ、深呼吸をすることで心を落ち着かせていた。ふぅーと邪念を取り除き、目の前にあった三十センチはあろう猫を一つ手に取ってみる。白っぽい招き猫と少し見つめ合ったあと、今度は同じ大きさの黒っぽい方を手に取った。

「あれ？　こっちはなんだか重たいな」

振ってみるとカタカタと音がする。中に何か入っているのか。周りに並ぶものを持ち上げてみたが、

「ふーん、こいつだけ」

他のものから音はしない。黒猫のことをよくよく観察してみると、お腹のあたりをぐるっと一周囲むように線が入っていることに気が付いた。もしかすると……。招き猫の頭とお尻をそれぞれ摑み、捻ってみると上下にパカッと開くことができた。

「やっぱり！　さあ、中には何が――」

潤の目に黒光りする棒のようなものがチラッと映ると同時に、後ろでガタンと大きな音がした。二人は同時にビクッと硬直する。振り返ると、先ほどまで舟を漕ぐように前後に揺れていた大男が椅子からずり落ちていた。

「はぁ、なんだ……」

理央がガラス戸を閉めると、カウンターの方へ向かう。潤も急いで招き猫を元の姿に戻しながら後に続いた。そのまま何も考えず、仮面の前の棚にそれを置いた。

二人でカウンターを覗き込むと大男と目が合う。

「ああ、客か。気がつかなくて悪かったな」

大男は腰を上げると、

「――えーっと、どっちから入ってきた？」

とカウンター横のドアと部屋の反対側にあるドアを交互に指差した。相手が立ち上がったことで、二人の首は上を向く。

理央は質問されて初めて、ドアが二つあったことに気が付いた。おそらく正しい入口は赤い方だったのだろう。そう解釈して、

「あっちの赤い方からです」

理央は綺麗で、まさしく店の顔と思われる方を指差した。対する潤は理央の真意が

分からず、チラッと彼をみる。理央はそんな彼を素早く肘打ちした。

だって怒られたくない。理央の頭はそれでいっぱいだ。

「そうかそうか、じゃあ好きにみて回りな！」

店主は大きくうなずくと、笑顔で言った。

「「はぁーい」」

二人は声を合わせ、招き猫の方へ戻ろうと歩き出す。しかし、

「ああ、悪いがガラスの中のものは売れない。特別なお客さんにだけ鍵を開けるから、君らは触らないでくれよ」

「「エッ……」」

二人は声を合わせて狼狽えた。

不自然な笑顔を浮かべながら、全く触ってませんよとアピールするかのように両手をヒラヒラし、さりげなく腕を後ろで組む。そして大男から離れるよう、大して大きな部屋ではないがカウンターから反対の壁に向かって進んだ。

「いや、鍵開いてたじゃんね？　閉め忘れたのかな……」

理央は不満気にその方に視線を送る。すると、瞬時に鍵穴に挿したままのものを見つけてしまった。彼は思わず目を見開く。疑われる前にここを出た方がいいのでは？

「ねぇ、もう行こうよ。あのドアは裏口だと思うし、それなら赤い方から出たらクネ道を戻らなくても簡単に大通りに出られるんじゃないかな?」

「あ、うん……」

こんなところにもう用はない。でも、潤は先ほど目に入ったものが気がかりだった。

「あれはもしかして……。いや、ありえないか。刑事ドラマじゃあるまいし」

上の空の潤を待っていられず、理央は彼を引いて促す。しかし、その時だった。

ドンドンドンドンッ!

力強くドアが叩かれた。

「へ!?」

理央は思わず変な声が出たことで口を手で覆う。それは赤い扉の方だった。非常に勢いのあるノックということなのだろうが、その役割を正確に果たす気はないらしい。返事を待たず、ドアノブはひねられた。

開け放たれたドアは勢いよくそのまま壁に当たり、バンッと鈍い音を立てる。壊れるんじゃないか。続けて、流れ込むように大量の人が押し寄せ、狭い部屋の人口密度が一気に五倍ほどに膨れ上がった。よく見ると、皆お揃いの白いワイシャツに赤い帯を腕につけている。何か黄色く文字が書いてあるようだったが、それを読み取る前に彼らは自ら高々名乗った。

「警察だ！　その場を動くな！　銃刀法違反及び違法薬物売買の疑いで令状がでている！」

先頭で一人だけ茶色っぽい服装の刑事が胸を張り、誇らしげにその紙ペラを掲げた。紹介しよう！　彼は又田日署の生田《いくた》警部だ。威厳たっぷり、貫禄ちょっぴり。実に華々しい登場であったが、それも束の間だった。驚いて目を見開いている潤と、腰を抜かして床にへたり込んでいる理央を見て、顎が外れたかのようにポカンと口を大きく開けた。

「ハッ！　何故中に客が⁉　入口は張っていたはずなのに！」

お互い状況がいまいち摑めていない警察と青年たちは、相手の出方をうかがうように静かに見つめ合った。何も起きないまま数秒経った頃、理央は集団の奥に知ってる顔を見つける。

「あっ——」

声をあげようとしたが、しびれを切らして先に動いたのは大男だった。

大男はカウンターから飛び出すと、そのまま裏口へ向かう。しかし、ドアノブに手をかけても何故だか開かず、焦った彼は、今度は二人の青年のもとへ大股ダッシュをした。理央の上着を引っ摑み、ひょいと近くに引き寄せる。首根っこを摑まれた理央は首が絞まり、「ングッ！」とくぐもった声を出した。

「こいつがどうなっても……！」

悪役らしい決まったセリフを言いながら、彼は背にあるガラス戸めがけて拳を掲げ、「ふんっ」と叩きつける。ガッシャーンという盛大な音とともに大男は振り返り、中に腕を突っ込むが、

「ナッ、無い!?」

拳銃入りの招き猫が見つからず、目を白黒させた。

何でもいいから武器になるものを。そう思って部屋を見渡すも、いるのはつぶらな瞳でこちらを見つめ返す猫ちゃんたちのみである。

お、チャンス！

そう思った潤は、隙だらけの大男の膝の裏に思いっきり蹴りをいれ、大男は「ぐあっ！」っと床に膝をつく。

全てたった数秒の出来事だった。情報処理が間に合っていない脳みそを何とかはたらかせ、まだ紙ペラを両手で持ったまま呆気にとられていた生田警部は一瞬間をおいてから声を絞り出した。

「い、いけぇ！　確保ぉお!!」

目の前で繰り広げられた壮絶などんでん返しに、これまた一瞬職務を忘れそうになっていた刑事らも警部の声でハッとし、一斉に飛びかかる。不運な大男はそのまま呆気なく捕まった。

仕事を終えた潤はふぅと息を吐きだす。ほこりを落とすように手を叩き、満足げな表情を浮かべた。これはもう惚れられちゃったな。救い出されたプリンセスから感嘆が得られると期待し嬉しそうに理央の方をみる。が、その顔はすぐに青ざめた。

「え!?　り、理央！　大丈夫!?」

理央は膝と手を床につき、ゲホゲホと咳き込みながら、真っ赤な顔に涙目を浮かべていた。ちょうど声を出そうとしていたところを、下から上へ向かって思いっきり首を絞め上げられたため、大男が狙った以上のダメージを受けていた。潤はしゃがみ込み、理央の背中をたどたどしくさする。

「ゲホッゲホッ……。う、うん。平気……」

弱った姿に思わずキュン。潤は「ああ、だめだめ」と首をブンブン振った。そんなやり取りをする二人のもとに、人をかき分けた刑事が一人駆け寄ってきた。

「怪我は!?」

そう言いながら理央の前に跪《ひざまず》き、注意深く首元を覗き込む。潤は反射的にその男を睨んだ。なんだこいつ、警官のくせに馴れ馴れしい。だが、理央の反応は違った。

「ああ！　雪ちゃん……！」

潤はその嬉しそうな横顔を見て、

「は⁇」

と威圧的に困惑の一文字を発する。理央は構わず男に話しかける。

「もうビックリした！　こんな所で会うなんて。あ、これは平気だから――」

自身の負傷部位を押さえながら言う。そして付け加えるように、「こっちは潤って言って、えーっと、友達？　かな」と隆雪に彼を紹介した。

しばらく蚊帳の外だった潤だが、そんな不満もその一言でかき消される。

今なんて、今なんて言った？　まさかまさかまさか！「友達」って言った⁉

潤の心はインド映画のように激しく躍った。睨み顔が突然満面の笑みに変わるものだから、隆雪はピクッと眉をひそめたが、怖いので見なかったことにした。

「ところで、えっと……、どうやって入ってきたの？　俺たちずっと客の出入りは確認してたんだけど」

「ああ、それはさ――」

理央は、風俗街で実はストーカーだった華夜から身を隠すために路地に隠れ、そのまま進んで行ったことで裏口にたどり着いた、と順を追って説明した。しかし、隆雪が「風俗街」や「華夜がストーカー」などのパワーワードに少し狼狽えたことで、最初のちょっとを聞き逃した。理央は二回説明する羽目になった。

その間、他の刑事たちはせっせと部屋の中を捜査し、大量の招き猫をどんどん外へと運び出していく。小さいものから大きいものへと、それはまるで猫の行進だった。最後尾にはいくつかの木箱も参加していた。

連れ出された招き猫を調べると、ガラスケース内にいた猫のうち小さいものの中からは覚醒剤や大麻、中くらいのものの中からは拳銃の弾が見つかり、また、カウンター裏の木箱からは、店頭に並べる前の未開封できつく包装された麻薬や拳銃などがたんまり出てきた。ガラスケース以外のものは一体を除いて、全て普通の招き猫だったようだ。それにしても、縁起物も数を集めすぎるのはよくないらしい。効力が強く出すぎたのだろう。最後に彼らは商売敵までも招き入れてしまったというわけだ。

部屋の中のものが無くなってきてなんだか広く感じられてきた頃、カウンターでパソコンをいじっていた刑事が声を上げた。

「警部！　顧客リストを発見しました！」

現場を指揮する生田警部は嬉しそうに、「よくやった！」と声がした方へ軽やかに飛んでいった。他の作業をしていた刑事たちもそれが気になったようで、一人分の画面を覗き込むように、その周りには白い塊ができていた。

「――ふむ、これを見る限りほとんど麻薬関連の顧客リストだが、一人だけ拳銃を買っているな？　ふむふむ、しかもこりゃあ昨日の日付だ」

集団の一人が生田警部に顎で指示され、まだパトカーで事情を聞かれていた大男に確認へ行った。

「はい、たしかに拳銃は一人にしか売ってないようです。その入手ルートからも確認が取れていますが、ここで拳銃を扱うようになったのもつい先日からですから」

彼らはもともと、違法薬物売買の疑いでこの店に目をつけていた。そんな中、ちょうどよく外国との拳銃取引について確かな情報が飛び込んできたものだから、急遽家宅捜索にこぎつける事が出来たのだった。

拳銃が一つこの街に出回った。これをまだ一つと言うべきか、すでに一つと言うべきか。

「――大谷栄吉《おおたにえいきち》か。わかるのは名前と携帯番号のみ。我々の手にかかれば住所も割れるだろうが、時間との戦いだな。コイツが問題を起こす前に捕まえたいが……」

大男はパトカーでそのまま署まで連れていかれ、一方理央と潤は、また話を聞きにくるかもしれないが今日はとりあえずと帰された。

今度こそは――。二人は正式に表口から外へ出る。明かりはまばらで通りは暗く、建物の向こうから光が漏れてきていた。大通りはすぐそこだ。

歩いて帰れなくはない距離だったが、後ろから隆雪が呼び止める。

「事件に巻き込んでかなり遅くなっちゃったから、二人とも家まで送るよ」

申し訳ないという気持ちからの提案であったが、それだけではない。なんたって、理央は昨夜襲われそうになったばかりなんだ。ほんと危ない世の中になったものだ。

隆雪はその犯人が目の前にいるとは露知らず、どのあたりに住んでいるかなど質問をし、潤は小学校の近くだと答えた。二人を張り込みのために停めていた車に誘導する。

理央と潤は疲れたという顔を浮かべ、お互い静かだ。車に乗り込むと、理央はすぐにうとうとする。それを見た潤は、「かわいすぎる……」と写真を撮ろうとしたが、そのまま自分の肩に理央がポンと乗っかってきたことで、それどころではない精神状態に陥った。

隆雪は実際に寝ている理央と、言葉にならない様々な感情を噛み締め目を固く閉じている潤を見て、二人を起こさないようにと静かに運転した。

しかし、例のコンビニまで近づいてきた頃だ。軽やかな音楽が車の中に響き渡る。

隆雪はハンドルを操作しながらスマホの画面をチラッと見て眉をひそめた。警察官が電話片手に運転しては市民に示しがつかないので、とりあえずコンビニに車を停め、緑の通話ボタンをポチッと押す。電話口から潤の方にまで陽気な男性の声が聞こえてきた。

しばらく隆雪は等間隔に相槌をうち、すぐに伺いますと会話をしめると、今度は赤いボタンをポチッと押す。

なんと、拳銃を買った大谷栄吉の身元が割れたのだという。ちょっとした有名人だったようで、前科は無いのにそれはなんとも異様な速さだった。

隆雪が後ろの席の方へ体を乗り出すと、潤と目が合い、

「ああ、潤くん。理央起こしてくれる？」

と彼に頼む。潤はニコッと快く引き受けた。理央をゆらゆら揺らす。だが、なかなか起きないので仕方がない。今度は理央の耳元で呟いた。

「起きないとぉー……、キスしちゃうよ！」

理央はブルッと震えてから、最悪な目覚めだという顔をして目を開けた。

「――ごめん、ここからなら結構近いよね？　二人一緒なら心配ないし。警部にすぐ帰ってこいって言われて行かないとだから」

二人はコンビニの駐車場で車を降り、ギュンッと一八〇度方向転換していく影を見送った。

「警察は寝る間もないな」

「ああ、そーだなぁ」

理央は大口を開けて欠伸をしながら応えた。

「もう眠たくて仕方がないよ」

「おんぶしようか？」

「んー」

脳細胞が一匹ずつ眠りについていき、頭の回転が非常に遅い。潤は片膝をつき手を後ろに真っ直ぐ伸ばした状態で放置された。

「あはは、ツッコミまでなくなった」

潤はひょいと立ち上がり、理央の隣に急いで戻った。

「今日は楽しかったよ。付き合ってくれてありがと」

「あぁ、うん」

「首は、もう大丈夫？」

赤みは消えていたが、少し内出血気味だった。

「触ると痛いけどー、だいたいだいじょうぶ」

「そう、それなら良かった」

暗い道を通り抜け、あっという間に公園までたどり着いた。楽しい時間はおしまいだ。

「じゃあ俺はこっちだからぁ……、バイバイ」

理央は両手で開いた大口を隠しながら、公園をそのまま真っ直ぐ抜けた。潤も、

「バイバーイ！」

とひらひら手を振りながら理央の背中をしばらく見送り、進行方向を左に、少し進んで次の角で右に変え、理央が入ったすぐ隣の通りに入っていった。

今日はとても楽しかった。潤は心の中で幸せを噛み締めた。最初に会った時より幾分か口調がきつくなった気もするが、素がでてきたと考えれば嬉しいものだ。最後には名前で呼んでくれていたし、三時間という約束を遥かに超えて、一緒に時間を過ごすことができた。これ程までに名残惜しいものは初めてだ。

一日を思い返すほどニヤケが止まらない。周りが暗くて助かった。彼は鼻歌交じり

に、気持ちが高ぶりすぎて時折くるくる回りながら夜道を歩いた。

「あ！　そういえば理央はすごい怖がりだったけど、一人で平気かな」

するど突然、彼は重大なミスを犯したことに気が付いてその場で急ブレーキした。

「ああ、しまったなんてこった。家まで送るって言えばまだもう少し一緒にいられたんだ。勿体無いことした……。どこに住んでいるかわかったかもしれないのに」

今度会った時に――、そう思ったが、

「いやダメだ。今日は財布が欲しくて付き合ってくれたんだし。次に会ってくれる理由がない……」

後悔先に立たず。潤はああぁあと頭を抱えた。

一方その頃、理央は自分が究極の怖がりだということを忘れてしまうぐらい疲労していた。楽しいこともあったが、

「なんでいつも俺は筋力で勝てないんだ……」

少し悲しくもあった。あれは生半可な筋トレでは勝てやしない。

「ああ、そういえば潤が助けてくれたんだった。お礼言いそびれちゃったな。次会った時に言おっと」

どうせ向こうから誘ってくるだろう。

見えてきた十字路を左に曲がり、目の前にお馴染みの古びたアパートが現れた。そのまま左手に続く道にはトボトボ下を向きながら歩く人影があったが、理央は気づくことなくゆっくりと階段を上った。

「だいぶ遅くなっちゃった。毬子に怒られる」

猫という生き物は、数日は水だけでも平気だと昔誰かがテレビで言っていた。しかし、我が家にいるのはワガママ女王様の毬子ちゃんだ。とりあえず半袖では到底戦えない。

理央はサッと上着を羽織る。少し心もとないが、手持ちの防具はこれだけだ。布一枚でどこまで爪や歯を防げるか。背負ったカバンからキャットフードを取り出し、袋の口を破ると、彼は恐る恐るドアを開けた。

六、猫を亡くした男

「大谷栄吉、昔ドキュメンタリー番組で取り上げられたことで一時話題の人物だったが、現在どこに住んでいるかは不明……。――うーむ、困ったな。誰なのかわかっても、居場所が分からんのでは捕まえようがない」

背もたれに身を預け足を組みながら、生田警部は深いため息をついた。気分良く早期解決ロードを突っ走っていたというのに、突然通行止めサインが立ち塞がったような気分である。世間は花の金曜日だが、彼らの休みはまだ先になりそうだ。

「はぁ……」

本日十六回目のため息をつき、机の上に調書を無造作に投げ出した。

遡《さかのぼ》ること八時間前。警察は見事名前と携帯番号から大谷の住所を割り出した。流石は警察！　と言いたいところだが、正確にいえば「割り出した」という表現は不適切だろう。

大谷はちょっと名の知れた資産家であったため、若手の刑事がスマホでチョチョっと検索しただけですぐにヒットしたのだ。彼も警部もびっくりである。しかし、だからといって他に適切な表現はあるだろうか。ひとまず「割り出した」としておこう。彼らの本領発揮はこれからだろうから。

拳銃を売った大男からも証言を得られ、彼らは大谷栄吉の確保を確信した。流石に奴も、拳銃を買った二日後に警察が乗り込んでくるとは夢にも思っていないだろう。さぞかし滑稽な面《つら》が拝めるということだ。不気味に笑った生田警部は、その愉快な部下たちを連れ山々が連なる北の町外れへ向かった。

車に詰め込まれた刑事たちが朝日に照らされた彼の家を目にすると、言葉を失った。山間に位置する広大な敷地を惜しむことなく使った巨大な屋敷がそこには立っていた。憂鬱だ。昨日は昨日で一日張り込み、犯人を捕まえたと思ったら今度は拳銃回収のため徹夜で準備。まるでコンビニに寄るかのように裁判所へ行き、家宅捜索令状を手に入れ、そして今……、このだだっ広い城のような建物を隅から隅まで調べろというのか。

「よぉーし、皆位置につけ。乗り込むぞ」

生田警部を先頭に刑事たちは身構える。息を呑み、一呼吸置いてから警部は恐る恐る呼び鈴を鳴らした。だが、反応はない。チャイム音だけがひとりでに鳴り、収まるとしばらく異様な静けさをもたらした。慎重に再び呼び鈴を鳴らす。やはり、返事はない。

留守なのだろうか。警部は三メートルほどの高さの黒い柵の間から覗き込む。車がみえた。コレクションの一つとは言い難い国産の普通車、おそらく外出の際よく乗り回すのだろう。こんな街から離れた場所から車なしで出かけるのは難しい。中にいるのは確実だ。しかし、一向に出てくる気配がないのは、拳銃のことで警戒しているからだろうか。

「家主でもなんでも、誰かしら立ち会ってくれないと捜査ができんのだが、どうしたものか」

駄目押しにもう一度。返事はない。柵がなければ強行したい気分だ。生田警部は肩をすくめ、こりゃダメだと振り返る。

「仕方ない……。奴が出かけた時を狙おう。車に乗り込め！　張り込むぞ」

そう言うと、警部は大股で二、三歩と歩みだす。周りの刑事たちも落胆した様子で、のんびり彼に続こうとした。車の方に向かって重い足を持ち上げる。しかし、初めの一歩のその足が、地面につくかつかないか、彼らが一番油断している時にそれは起きた。

ドドドドドドドドーンッ！

地響きのような大きな音だ。思わず構えた彼らは一斉に振り返る。屋敷の方からだった。何だ？　奴か？　反撃か？　大谷は拳銃を持っている。来客者を警察だと察してぶっ放してきても何らおかしくない。

ドッドドッドッド。緊張で溢れかえった彼らの心音がこちらまで聞こえてきそうだ。今か今かと思うのに、奴は中々次の動きに移らない。何を手間取っているというのだ。そんな相手にじれったさを感じる。首筋を嫌な汗が垂れた。長い緊張のあまり、一人ぐらい高血圧で倒れるんじゃないか。

ガッチャ……。静かに扉が開いた。来る。刑事らは息をのみ、身構える。しかし――、

「お待たせしてすみません！　あ、あの、えーっと。どちら様？」

その場の誰が予想できたことか、出てきたのはお尻を痛そうにさすりながら、寝癖で髪が様々な方向に跳ねた若い女だった。彼女は戸惑った表情を浮かべ、刑事たちを見回す。当然こちらも状況が読めない。その場にいた全員が困惑に陥った。

そんな中、いち早く何かを察したのは生田警部だった。「なるほど」と手をポンと叩く。

「もしやお孫さんかな？　我々は大谷栄吉に用があってきたんだが――」

「え!? 栄吉さん！ 彼がどこにいるかご存知なんですか!?」

生田警部は言葉を失う。それを聞きたいのはこっちだ。勿論ご存知ではない。警部は再び、困惑するその他大勢に仲間入りした。

その様子から女は理解した。この人たちはまだあの事を知らないのか。

「失礼しました。栄吉さんならここにはいません。四年前から行方不明なんです。私はただの家政婦で、堂林《どうばやし》八重《やえ》といいます。といっても、今は屋敷の管理をしているだけですが――。あの、ここでは何ですから中へどうぞ」

彼らは言われるがまま、ぞろぞろ彼女について入っていった。

玄関への道を先導しながら、彼女は跳ねる髪を撫で付ける。負けじと対抗するように、その頑固な寝癖は何度でもぴょんぴょんと飛び跳ねた。八重が髪をいじるのをあきらめた頃、一行は体育館のようにだだっ広いリビングにたどり着いた。目の前の壁の一辺が窓となっており、広い庭が一望出来る。秋には紅葉、冬には雪化粧が楽しめそうだ。奥には大理石でできたバーカウンターが、その後ろには貯蔵庫があり、高級そうなワインがよく見えるよう自慢げに収められている。置いてある絨毯もソファも、なにもかもが高級感を漂わせている。

「わあ、広い部屋だ……」

一人の刑事が思わずこぼす。しかし、屋敷の大きさから、奥にはさらに何十部屋とあるのだろうことは簡単に想像出来た。

「こちらへどうぞ」

八重は彼らをソファに促した。それはこの場の十数人全員が座れそうなほど非常に大きなもので、テーブルをコの字に囲んでいた。しかし、先にやることがある。警部は彼女に向けて令状を広げて見せた。

「こういうわけで、大谷栄吉は四年ほどこちらにはいないとのことでしたが、一応建物内の捜査はさせていただきます」

現住所の手掛かりがどこかにあるかもしれない。それに、これが嘘で、彼女が大谷を匿っている可能性もまだある。

「そうですか……。わかりました」

八重が首を縦に振った。それにより、生田警部はメモ取り係に一人、あのスマホの若手刑事を残し、残りの部下を部屋に放った。その場に残った三人は腰を下ろし、生田警部は彼女に質問を投げかける。

「八重さん。まず、彼に四年前何があったのでしょう。何か事件に巻き込まれた可能性があるなど、何でもいいので居場所に心当たりはありませんか？」

先ほどの門でのやり取りから、警部はあまり答えを期待しなかった。純粋に行方不明だとしても、彼女が匿っているにしても、「わからない」と大した答えは得られないだろうと思ったのだ。だが、

「簡単に言えば、家出だと思います」

八重は警部の目を見ながらはっきりと告げた。それも少し意外だったが、その予想外の内容に対しても、警部は「エッ……」と一瞬言葉を詰まらせた。

「い、家出ですか。豪邸の家主が？」

拍子抜けだ。金持ちが家出をしたなんて、生まれてこのかた聞いたことがない。あるのは少年少女、または貧乏人の夜逃げではないか。

「詳しくお話しいただけますか……？」

彼女は小さくうなずく。

「はい。私も栄吉さんの行方を知りたくて……。聞いた話や、残っていた日記に基づいた内容になるのですが、知る限りのことをお伝えします」

その言葉に警部は身を乗り出し、唾を飲み込む。メモ係の刑事も、きっと長くなるだろうと覚悟を決め、ペンを構えた。何がカギになるかわからないんだ。聞き逃すわけにはいかない。

八重は二人のそんな表情を交互に見ると、ふぅと一息吐く。最後に一撫で、飛び出た髪を押さえつけると、彼らに合わせて前かがみに座った。意気揚々と飛び上がる毛先に反して、彼女は落ち着いた口調で語り始める。

「――栄吉さんは二十歳の頃、両親が残した多大なる資産を全て相続しました。この家も、ここ一帯の土地もそうです。他に兄弟も親戚もおらず、一人で得たそれは働かずとも人生を何周か楽に生きていけるほどのものでした。若い頃の栄吉さんは人脈が広く、様々なつながりの友人が多くいたようです。厳しかった両親とは反対に、彼はパーティー好きで、ここに多くの人を集めてはお酒に賭け事としょっちゅう盛り上がっていました。近くに迷惑をかけるような他の家もありませんし、それに、自由になったという反動も大きかったと思います。お友達と出かけるために車、ボート、へリとそろえて、また、趣味の絵画集めのために、海外へ渡ることもよくあったと聞きます。一つ一つ結構なお値段だと思うのですが、今お屋敷に何十と飾ってありますよ」

早々、彼女の口から飛び出す輝かしい言葉の並びに、警部は眩しそうに目を細めた。平々凡々な青春時代を過ごした警部には耐えがたい内容だ。

彼はゆっくり背もたれに寄り掛かる。しかし心配ない。きっとここから転落していくという話なのだろう。家出につながるのだからそうでなくてはおかしい。バッドエンドなのはわかっている。

そんな期待に応えるように、八重の顔が少々曇る。

「それで、なんと言えばいいでしょうか。歳を重ねても、同じように好き勝手出来る生活が続いていたのですが、しだいに原因のわからない違和感や不快感を覚えるようになったようです。若い頃のような満足感は得られず、何かが足りないと。

そこから栄吉さんの生活はなおさらひどいものになります。恋人をコロコロ変え、散財癖は悪化し、集まりもさらに頻繁に派手に——。満たされ切れない心をごまかすように色々試してみたようですが、どれもイマイチだったのだと思います。ある時から、逆に一人で過ごす時間も増えていきました。どれも根本的な解決になっていませんもの。原因を探ってちゃんと向き合わないと……。このようにして、周りの友人らに反し栄吉さんは結婚もせず子供もいないまま、還暦を越えました。

その頃やっと気づいたのは、お金を出さなければ誰も彼自身に興味を示さないということでした。彼が度々引きこもり、それのみか恒例の誕生会まで見合わせても、長く関わってきた人たちは誰一人気にかけるような連絡をくれませんでした。彼らは彼らで集まって仲良くしているというのにです。お金で物や一時的な興味は買えても、人の心は買えないということでしょうか。栄吉さんは日記に真の友人は一人もいなかったと綴《つづ》り、外に出ることが怖くなりました。周りにいる人達が自分ではなく、その後ろのお金しか見ていないように感じてならなくなったそうです」

生田警部は肩をすくめた。何の努力もせずに得た金で存分に遊んできたわけだ。そのツケが回ってきたというところか。部屋の空気がしんみりする中、一人口元が緩む。

信頼関係とはお互い苦労をして、何かを成し遂げた時に自然と結ばれるものだと思う。彼がＡＴＭ扱いを受けていたのは気のせいではなく真実だろう。絶対同情なんてしてやらない。もっと不幸になるがいい。

仕事に私情を持ち込み、歪んだ精神で話を聞く警部の態度に、八重は気づく様子もなく同じ調子で話を続ける。

「栄吉さんが外に出るのを一切やめると、一番困ったのは食事でした。ほとんど外食しかしてこなかったので自炊も難しいです。そこで、彼はコックを雇うことにします。それが私の母、堂林千桜《ちはる》です。元々彼がよく通ったホテルのレストランで働いていたのですが、倍の金を出すと言われ承諾したようです。

初めのうち栄吉さんは母と会うのを避けていました。母は食事を作ったらすぐに帰らされ、味の感想を聞くことも許されず、不満だったそうです。

しかし、ある一匹の猫をきっかけに、こんな関係も一変しました。庭によく現れるようになった子猫に母がよく残り物を与えていたのですが、ある時、栄吉さんが家に入れてやろうと言ったのです。母はそれが初めての彼とのまともな会話だったと笑いながら話してくれました。

栄吉さんはその猫を円《えん》と名付けます。くつろぐ姿が丸っこかったからだそうです。猫とは不思議な生き物で、人間の世界にある常識や縛りが何一つ必要ないんです。彼にお金があろうがなかろうが円には関係がなく、ただただ自然体でそばにいてくれる。その存在に栄吉さんはとても救われました。それに、お互い同じものを可愛がることで、母と話をすることも平気になっていきました。

猫の寿命は十五年です。鬱になっていた栄吉さんは、『このままあっという間に老いて死ぬ』なんて日記に書いていたこともありましたが、それは『私にも猫の一生を見届けられるくらいの時間は残っているだろう』と、円と出会って変わりました。そこから徐々にですが確実に、栄吉さんは活気を取り戻し、前までは考えられませんでしたが、円を街の獣医師に診てもらおうと山を下りることも出来るまで、栄吉さんは精神的に回復することが出来ました」

彼女は自分のことのように本当に嬉しそうに語った。

「しかし、これは運命の悪戯としか……。検査によって円は猫エイズに感染していることがわかりました。野良猫に多いようです。そのウイルスを持っているだけなら特に症状はないのですが、一度体内に入ったウイルスを消滅させる方法はなく、いつ発症するか――、要するにウイルスがもたらすひどい症状がいつから始まるのかはわからないという病気でした。若い頃になる子、老いて身体が弱ってからなる子、一生ならない子と様々で、一年から十年とストレスのかかり具合で変わるようです。ただ一つ言えるのは、それが発症してしまえば致死率は高い……、とのことでした。

そこからは徹底的に円の健康管理をする日々です。餌に気を使い、部屋を清潔にし、刺激となる他の動物との接触を避け、さらには治療薬の研究をしている機関には惜しむことなく投資しました。この多大なる投資が、彼が有名になるきっかけでもありました」

「ああ、それで……」

生田警部はサイトにあった彼の紹介文を思い出した。そういえば、彼の投資についても書かれていた。ペット業界では相当名が知れているらしい。そのために、警察はここまでたどり着けたのだ。

八重は警部がうんうんうなずくのを確認すると、話の続きを語る。どんどん雲行きは怪しくなるようだ。警部は喜ぶ喜ぶ。

「それから四年ほどたった頃です。私の母が、あの、交通事故に遭って……、亡くなりました。栄吉さんも、円の方は病気のこともあり多少死を覚悟していたと思いますが、母は本当に突然で――。彼にとって母は、円との出会いを導いてくれた人で、また孤独だった人生を変えてくれた人です。毎日側にいたことで、栄吉さんの中ではもうただの料理人ではなくなっていたと思います。

そして、ここからは私自身の体験に基づきますね。私は母の葬式で初めて栄吉さんと出会いました。母がお世話になった人たちだけでのこぢんまりとした葬儀です。母と二人きりで育ち、頼れる親戚もなく、高校を卒業したばかりで途方にくれていたところ、栄吉さんが仕事をくれたことで大学へ行くことが出来ました。

家政婦として食事や掃除を任されるようになって、私も母のようになりたかったのですが、あまり心を開いてくれませんでした。猫に依存している、というのが栄吉さんに対する印象です。あまり会話は交わしませんでしたが、比較的平和な暮らしだったと思います。

しかし、その一年後でした。残念ですが、円は発病し、そこからはあっという間で……、円は五歳でこの世を去りました。

栄吉さん、様々な思い出の詰まったこの場所にはいられなくなってしまったんだと思います……。庭に二人で円のお墓を作ったのですが、その夜、ふらっと出かけたきり帰ってきてはくれませんでした」

八重がふぅと息をこぼすと、スカートの裾を整えるようにスッと座り直した。

「そうでしたか……」

話が終わったと受け取った警部はそれらしく返事をし、考え込むように下を向く。

彼女の話を整理しよう。充分に金持ちの落ちぶれ話は楽しめた。ここからは警察らしく、思考を仕事に移す。

まず、突発的に出ていったのならば、身を投げるためか森で首を吊るためか、自殺が目的だったと考えるのが自然か。しかし、現に彼は拳銃を男から買っており、男も彼を目撃している。猫が死んでから四年も経っていることを考えると、自殺の為に買ったのではないだろう。別の目的があるはずだ。誰か殺したいほど憎んでいる奴でも現れたのかもしれない。

それにしても、大谷に屋敷以外で行く当てはあったのだろうか。昔の知り合い？だが、彼には家族もいなければ、信頼している友人もいないはずである。新しく家でも建てたのだろうか。

「うーん……」

しかしここで、まるきり自分の世界に入っていた警部は、どこからか小さく音が聞こえてくることに気がついた。まるですすり泣くような声。

「ん？」

少しだけ顔をあげ、正面に座る八重の様子を確認する。が、どうやら違う。次にチラッと自身の隣に視線を送った。それは何の気なしに行われたものだったが、目に飛び込んできたのは予想した以上に衝撃的な光景だった。

「……う、ズズ……、うぅ……」

メモ係の若手刑事が、大粒の涙をポタポタ流している。ペンを拳で握りしめ、メモした字も途中からミミズのラクガキのようだった。

積み重なった寝不足と疲れで、感情の上下が激しくなったのだろう。部下のその可哀そうな姿を目の当たりにし、生田警部はギョッとした。何に感化されたんだ。猫が死んだことか？　大谷に同情したのか。とにかく焦りで、今までの考察が吹き飛ぶ。

「お、おい、だ、大丈夫だぞ。心配するな。栄吉さんは乗り越えて元気にやってる！きっと！　な？　俺たち警察で彼を見つけ出すんだろ？」

普段彼は表情一つ変えないだけに、警部はその精神状態をとても心配した。これは深刻な問題だぞ。適度に休憩を挟むべきだった。帰ったら即刻寝かせよう。警部は深く反省したのだった。

一方で、残りの刑事らは着々と屋敷内の捜索を進めていた。部屋の大きさの割に、それぞれの部屋の家具は少なく、大人一人が隠れられそうな場所も、拳銃を隠せそうな場所も限られていた。

小さい部屋に物を詰め込む。これは庶民だけに通じる常識だったのだなと思い知らされる。一つ一つの部屋を見て回る時間は短くて済んだが、部屋の数が多いだけに、全てが完了する頃にはお日様が屋敷の真上を通り越していた。

大谷は勿論、屋敷からは拳銃の影も形も出てこなかった。彼の書斎には手帳や日記が見つかったが、特にこれといった手がかりもなさそうだ。せっかく朝一で乗り出していったというのに。部下たちも含め皆が早期解決を期待していたため、喪失感は計り知れなかった。

同時刻、本部の方では、隆雪が残って大男の取り調べを担当していた。家宅捜索に向かった班から成果無しの連絡を受け、頼みの綱は拳銃を売ったこの男だけになってしまった。

　拳銃を入荷してから初めての客だったということだけでなく、買いに来たのが老人だということもあって、大男は大谷のことをよく覚えていた。

「そういえばブツブツ呟いてたよぉ。イチカさんがどうとか、裁判になる前にけりをーだとか」

　彼は身を乗り出して真剣に話す。隆雪も真剣にうんうんとうなずく。

「ああ、『裁判になる前』ね……。でもこっちもさ、裁判中っていうなら簡単かもしれないけれど、始まってすらいないなら手の施しようがないんだよ。なんの裁判とか聞いてないの？」

　大男は首を横に振る。

「ほんとに？　よく思い出してみて」

　大男は肩をすくめる。これ以上は特にないらしい。隆雪は顔をしかめた。

「それじゃあ困るんだよ。他には？　裁判以外に何か言ってなかった？　せっかくの客なのに何にも会話してないわけ？　ねぇ？」

　もっと情報を出してくれなくちゃ。隆雪は乗り出して聞く。大男は困ったように眉をハの字にした。

「そんなこと言われたってよぉ……」

「ほら、何のために拳銃買うのかとか」

「聞いてねーな」

「イチカさんって誰なのかとか」

「ねーな」

「裁判って——」

「いーや」

「……」

最後には質問に被せるように否定された。だめだ、コイツも頼りにならない。これからどうしたものか。

「だって大して喋ってねーんだもん。会話と言ったらなぁ、何が欲しいんだって聞いて、何があるのか聞かれたから説明して、それで拳銃を渡して個人情報書いてもらったぐらいだ」

男はダルそうに答えた。しかしすぐ何か思い出したように「ああ、ただ……」と言葉を詰まらせた。

「ただ？　なに？　ただって」

「なんつーか、なんであの爺さんにあの場所がわかったんだろうな？　裏口から入ってこねー限り俺ぁそーゆう類のもんは売らねーんだ。だから殆ど常連さんしか来ねーんだけど」

後頭部を手で掻きながら、男は頭をひねっていた。

「だからあとは、『どっちから来た？』って表のドアと裏のドアを、指差して聞いたぐらいだな」

彼はよく寝てしまうのだ。

ここで選手交代。隆雪は先輩の刑事と交代し、外へ出た。

「裁判になる前に、か……。事件になっていないということは、刑事じゃなくって民事ってことで、つまり、今現在何かで訴えられそうだっていうことだ。それなら相手方はすでに弁護士に相談しているだろうな」

この街に法律事務所はいくつかあるが、隆雪にはその中でダントツに大手の事務所に知り合いがいた。二つ年上、高校時代の先輩である。何か知っているかもしれないと連絡帳で彼女の名前を探し、発信ボタンをポチッと押した。忙しくて取れないかとも思ったが、彼女は比較的すぐにでた。

「あ、柳瀬さん！　お久しぶりです。今お時間ありますか？」

大谷栄吉という名前にもイチカという名前にも心当たりはないようで、最近の裁判の資料や準備中の裁判の報告書なども見てくれたが、見当たらなかった。普通こういう情報は機密なのだが、令状を取るのも時間の問題であることと、彼女は隆雪に非常に甘々だったため、ペラペラと話してくれた。そう、彼女は年下の頑張ってる子には何でもしてあげたくなっちゃうのだ。それは良いことか、はたまた――。

「そうですか……。わかりました。ありがとうございます。他の中小の法律事務所も当たってみます」

一番可能性があると思ったのだが、無いのならば仕方がない。隆雪は電話を切ろうとしたが、柳瀬はなんとか助けてやりたいと思い、それを制した。頭をフル回転させ、一つ可能性があったことを思い出す。

「ああ、そういえば若手に一人頑張り屋の女の子がいるんだが、本当はすごく優秀なのにいつもどこか抜けてて……。初めて一人で担当する裁判の準備中で舞い上がっちゃったようなんだけど、未だになんにも報告してくれないんだ。その子の担当って可能性も――。ああ、そういえばちょっと前に紹介したからお前も会ったことあるよな？　覚えてる？」

「え？　ああ、そんなこともありましたね」

どんな子だったかな。ボヤッとした記憶にピントを合わせるよう目をつぶる。駅前の喫茶店、三人で会ったのはなんとなく覚えている。顔はどんなだっただろうか。長い髪を後ろで束ねており、立ち上がった際に髪のカール具合が――。

「あれ？　確か最近にも……」

再び目を固くつぶり、記憶の糸を手繰っていったことで、今にもピントが合おうとしていた。しかし、せっかちで待ちきれなかった柳瀬が先に口を開いた。

「私からもメールするが、直接電話してみるといいよ。番号はたしか――、ああ、見てみないとわからないな。でも君も登録してただろ？　きっと自分で見た方が速い。とりあえず当たってみてよ。彼女は橘、橘華夜ね」

七、猫の手は借りれるか？

　鳥のさえずり、猫のクラッキング。耳に心地良く、男は穏やかに眠っていたが、狩りを試みた猫が腹部に落下してきたことで目が覚めた。追い討ちをかけるように、窓から差し込む陽光が目を直撃する。

「う……」

　理央は開いた目を無理やりつぶらされた。ぱちぱちとしながらようやく視界を取り戻したが、代わりに今度は精神的なダメージを受けた。

「うわ、なんだよこれ……」

　部屋の端に積まれていた大学のプリントやノートは一部噛みちぎられ、細かい紙くずとなって散乱している。加えて水の入ったお茶碗をひっくり返されたことで、床に散らばったカリカリのキャットフードが水を吸い込み、二倍の大きさに成長していた。自分の服を確認すると昨日のままだ。ここでようやく、昨夜の出来事を思い出した。

「……シャワーでも浴びるか」

とりあえずは惨状を放置する。心機一転のため体と髪を洗い、洗濯カゴに入っていた服に着替えた。服はまとめてコインランドリーか、風呂場で手洗いしている。最近は面倒で溜まり気味なのだが。

「――よし、今日も完璧！　さあ、久しぶりに大学にでも行こうかな！」

洗面所から飛び出し押入れを開けようと手をかけた。しかし、時計が目に入り、

「あー嘘だろ……、もうとっくに午後じゃん。半日無駄にしたのか」

学校に行くことはすぐさま諦めた。金曜日だというのもあり、週の最後は真面目に生きることで閉じようと思ったが、今更行っても間に合わない。それは変えられない事実だ。

「どうしよっかな。うーん、映画でも見に行こうか」

今なら「一輪《いちりん》のナミダ」をやっている。ちょっとしたミステリーで、主人公の女性が娘の忘れ形見を探しに行くという話だ。「一輪のナミダ」って名前も洒落てるよな。感動するって話題の作品で観に行きたいとも思うが、いつも友人と観にいく理央にとって一人で行くのは少し気が引ける。

「それじゃあお片づけでも……」

後回しにしようと思っていたが、綺麗好きな理央にとって足元に物が散らばっているのはやはり落ち着かない。

授業のプリントをかき集め、トントンと丁寧に重ねた。その音に毬子が少しだけ顔を上げ、またすぐに眠りにもどる。手に取った紙は横も縦も整ったものの、教科がバラバラで順番も適当だったことが気になり、また床に広げ整理した。細かい紙くずをかき集め、キャットフードもゴミ箱へ。ふやけてカリカリではなくなったそれの手触りは気持ち悪かったが、床に残った部分も濡らしたティッシュで拭き取った。

よし、これで毬子に荒らされた所は大体片付いた。遅いお昼でも食べようと冷蔵庫を開く。しかし、特に何もない。

「後で買い物も行かないと……」

彼は代わりに冷凍庫で冷やされた棒アイスを取り出し口にした。

「ふふふんふふんふーん♪」

鼻歌を歌いながら洗濯物をぱしゃぱしゃ洗い、フロアモップで台所からお風呂場、家具の少ないリビングの床という床をソファの下までピッカピカに磨き上げた。仕上げにソファも、毬子を持ち上げながらコロコロをかける。

「ふぅ、随分時間がかかったけれど前よりだいぶ綺麗！　ついでに押入れの中も整理しよっと」

押入れをばっと開け放つ。この中にはカバンやら服やらの生活品から、捨てるに捨てられないガラクタまでもが詰め込まれている。面倒なものは箱なんかに入れて蓋をすれば片付いた気になるが、こういう日には端から端まで綺麗にしたい気分になる。ではとりあえず――、下の段から一つずつ取り出し「これはいる」「これはいらない」と分別していった。箱に入れたときは必要かもって思っていたものも、時間が経つと無情に捨てられるものだなと理央は学んだ。

作業を続けると、

「あ、なっつかし！」

彼が昔作った猫じゃらしが出てきた。少しボロいが、まだ使えるか？　考えるより実践だ。ウキウキしながら毬子の方へ体を向け、理央は紐の先に付いた羽根をポイッとソファに乗せる。

「うりゃ、うりゃりゃりゃりゃりゃりゃ！」

左右に揺らしてみたが、

「……」

毬子は無反応。一瞥《いちべつ》しただけで眠りに戻る。

「……む、無視しないでよ！　泣くぞ」

猫じゃらしは「いらないの山」に投げつけソファに乗る。毬子を持ち上げ、ゴロンとしてから腹に乗せた。ひとしきり幸せを噛み締める。

「はぁー。たまにはこーいう日もいいな。最近何かと色々あったし、めちゃくちゃ平和だ」

短い時間に複数のことをこなさなきゃいけないのはストレスが溜まる。苦手だ。彼は何をするにしても事前に計画を立てて、保険をかけるようにする。レポートなどの課題は万が一提出日を勘違いしていたり、何か足りない部分があったりしたらと心配性で、ギリギリまで放置するのは気が休まらない。そのくせ学校はよくさぼるが。

——まあ、それも出席日数を計算した上でだ。それは商売に関しても同じ。これがダメなら次はこれ、と必ず第二の案を用意する。彼の性格上、焦ればまともな判断が出来なくなるからだ。大抵のことはこうしているとうまくいく。

しかし一つ難点なのは、彼のやる気にはムラがあることだ。気を付けていないと忘れっぽい彼はしばしばその苦手な「短時間での対処」を強いられる。試験前なんて毎回そうだ。何故もっと早くから計画を立ててやらなかったのだろうかと、徹夜しながら何度も過去の自分を恨む。

しばらく毯子は理央の上で落ち着いていたが、彼を押し返すよう脚に力を込め始めた。

「あ、行ってしまう……」

理央は無理矢理毯子を腹の上に留まるよう押さえたが、低い声でミァオと、つまり「離しにゃさいよー」と鳴かれたことで諦めた。

「――掃除の続きでもするか」

ひょいっと飛び起き、再び押入れの前へ行く。箱の整理はもう面倒になったので、さっきの時点でいらないと判断したものだけをゴミ箱に入れ、箱は元の場所に戻した。さあ、今度は上の段だ。並んだ服を見て、衣替えでもしようかと顎に手を置き考える。ふむふむと中を見回していると、黒いつばの大きな帽子が目に入った。

「ああ、あの帽子。普段着と合わせにくいし、ちょっとかさばってるなぁ。買わなきゃよかったか――」

そこで脳が一旦停止、動きもパントマイムのようにピタッと止めた。数日前の記憶が蘇り、理央の心拍音は急上昇、自分の耳にまで届くほど大きくなった。

「――う、うわぁどうしよ！　待て待て待て待て待て待て」

カレンダーを確認するためスマホを探す。

「ああサイアクッ！　どこにあるんだ！」

　その場でクルクル回転して部屋を見回すが、見当たらない。こっちか？　洗面所に向かうと、それはトイレの上に乗っかっていた。

「えーっとえーっと、今日はここだから――、なるほど、二日前か。つまり約束の日は明日だっていうことかな？」

　顔の血がひけた。――どうしよう、どうしよう！　すっかり忘れていた。華夜を運命の相手と出会わせなければならないじゃないか。諭吉さんを貰ったからにはきっちり仕事をこなさなくてはならない。

「だ、大丈夫。ちゃんと約束前に思い出した自分を褒めて。明日の夕方までになんとかすればいいんだから。とりあえず、形だけでも……」

　時計を横目で見た。外は徐々に暗くなってきている。昨日か一昨日、少なくとも今日の朝から準備しておきたかったが、過ぎてしまったのだから仕方がない。

　一番良くて楽なのは、鏑木潤をそのまんま彼女に差し出すことだ。華夜が求めているのは潤なのだから、それが一番確実であり必ず満足してもらえるだろう。しかし、潤は華夜に興味がないどころか、怖がって逃げ回っている。

「偶然を装って鉢合わせさせようか？」

そんな悪魔の囁きも聞こえてきたが、激しく左右に頭を振ることで吹っ飛ばした。

「いやいやいやいやいや！　それは人としてどうかしている」

とりあえず英二郎に連絡してみよう。前にも最初に思い浮かんだ彼の名を、連絡帳から探す。

「どうせ、彼女は潤と再会できても幸せにはなれないんだ。代わりの誰かを紹介してあげよう」

それが正しいことだと自分に言い聞かせるように呟き、連絡帳を開いた。発信ボタンをポチッと押す。しばらくすると呼び出し音が途絶える。

「あ、もしもし、英二郎？　あのー、今何してる？」

「……」

ん？　返事がない
「もしもし？　聞こえてる？」

「……」

どうしたのだろうか。ちゃんと画面には通話中と表示がある。だが、一向に返事が聞こえてこない。一回切ろうかな。しかしその前に、

「アンタ英ちゃんの何よ」

思いの外高めの声が返事をした。明らかに彼ではない。

「え……、っとー、お友達です」

「ふん。『お友達』ねぇ？　残念だけど私は、あっ！」

直後、ブン！　と耳元で大きな音がし、理央は顔をしかめた。

どういうこと？

困惑したが、すぐに今度は低い声がした。

「あ、ごめんごめん、どした？　あっ、わあ！　おいやめろ、理央は男だって！　――ほんとほんと！　落ち着けよ、こら、――うんうんすぐ切るから、な？　――ふ、こんな事に嫉妬するなんてお前も可愛いとこあるじゃん」

しばらくごちゃごちゃ話し声が聞こえていたが、

「や、やっぱなんでもなーい。じゃ、楽しんで」

返事を待たずに電話を切った。これは他を当たるべきだな。彼を候補から除外し、また連絡帳を開く。押入れからあの赤いノートも取り出し、誰がいいだろうかと考える。しかし、ああ、この時間も惜しい。上から順に電話をかけていこう――。

「今彼女いる？」「カワイイ子紹介しようか？」「明日暇じゃない？」「ちょっとだけ付き合ってよ」

片っ端から電話をかけ、それは何十人にも及んだが、残念なことに誰も彼もが彼女がいたり、予定があったり、そもそも電話がつながらなかったり……。

「あれれれれ？　おかしいな。なんでだろう。勝算があったからこの占い始めたのに、一人も釣れないよ！」

時計をみる。まともに会話をしたのは掛けた回数の半数ほどだが、なんといっても人数が多いので随分時間が過ぎていた。時計の針は何度回ったことか。ああ、ストレスで気分が悪くなってきた。時間がない、焦る。

「あ！　そうだ！　雪ちゃん！　彼女なし！」

電球がぴっかーん！　パチンッと指を鳴らして早速電話をかけてみた。しかしダメだった。忙しいようで、重要かだけ問うとすぐに切られてしまった。流石にそこで、華夜はどうかと勧める勇気もない。理央はおでこに手を当て天を仰いだ。

もう華夜ちゃんのことなんて無視してしまおうか。そうすればきっと楽だが、やはり気がひける。中途半端に放っぽる気にはどうしてもなれない。金をもらったのに何もしないだなんて後味が悪すぎる。あんなに自分を信用してくれていたのだ。完全に自己満足のためではあるが、やはり形だけでもどうにかしたい。

万策尽きて頬杖をつきながら考えを巡らせていると、一本の電話がかかってきた。

パッとそちらに視線を向ける。誰か気が変わったのだろうか。

「うぅ、お願いしまぁす……」

両手を合わせ、指を絡ませながら、期待を込めて覗きこんだ。

「あ……」

それは電話を掛けた誰とも違った。「潤」という一文字が画面には表示されている。

願いは通じなかったが、これはある意味――。理央は無意識に顎を押さえる。

しばらく無言で考え、静かな部屋に着信音が何度も響く。

この状況、もはや綺麗事を言っている場合ではない。二兎追う者はなんとやらだ。一つを選ぶためなら、もう片方は捨てなくてはならない。信念、いや良心？　この場合は信頼か――。

そろそろ切れてしまうのではないかと、そう思われた頃、彼はついに意を決し息を飲んだ。

「よし……、俺は、悪い男になる……！」

そっと電話に手を伸ばした。

八、さあ猫を被れ！

土曜日の公園。休日だというのにあたりには人っ子一人いない。木が生い茂り、また、そのさびれた雰囲気から昼でもなんだか薄暗い広場にその男はいた。ブランコをギシギシと前後に揺らす。

何を考えているのか。その男は緊張した面持ちで下を向いていた。なんだかそわそわした様子だ。一見自分の世界にすっぽり入ってしまっているようにも見える。しかし、どうやら音には敏感なようだ。毎分一回、公園のどこかで音がするたびにパッと顔を上げる。

初めは風、次も風、雀、猫、再び風。舞い散る葉が土の上に落ちるのを確認すると、再び指先を合わせ下を向く。そんなことを十五回ほど繰り返した頃だろうか、ついに待ち人が現れた。息を弾ませ駆け寄ってくる。

「あ、ごめん！　待った？」

時計を見るとちょうど長針が数字の12を指していた。待ち合わせの時間ぴったりだ。

「いや、全然だよ」

潤はにっこり立ち上がった。

さあいよいよだ。両者とも別の目的を持ちながら、デートが開幕した。本心は隠せ、準備ができたら目的地に向かって出発だ！　二人は軽い足取りで歩き始めた。

潤の心は躍っていた。それは言うまでもなく、隣に彼がいるからだ。再び並んで歩くことができた。たった一日離れただけなのだが、喜びを隠しきれず顔に出る。なにより、自分の誘いに対してあっさりと了解してくれたことが嬉しかった。

潤の表情に気づいた理央は一瞬驚きから眉をひそめた。だが、たまらずつられて笑いながら、

「おい、ニヤニヤしすぎ」

潤の脇を肘で突っついた。喜んでくれることは確かに嬉しいが、やはり小恥ずかしい。それに、良心に細かいトゲがチクチク刺さる気分だ。

「ほ、ほら！　行こ行こ！」

理央は潤の腕を引っ張り、陽気に言った。ここで気後れしてはいけない。大丈夫、自然にふるまえばバレやしないさ。いつも通りにいこう。それに、一度決めたことだ。

今更計画を変えるわけにはいかないだろう。呪文のように何度も自分に言い聞かせながら、理央はどっちに行くかなんて知らないまま先導するように歩いた。

片や潤は、この瞬間別のことで心の中が荒れた。曲がるべき路地を過ぎても気が付かない。だがそんなこと当然だ。理央がたった今、自ら腕を潤に絡ませてきた。平静を装うのに精一杯だ。手をつなぎたいという願望は苦も無く叶い、策を講じるまでもなかった。

この喜びを口にしたい。そう潤は思ったが、ぐっと飲み込む。話題にすればすぐに理央はこの腕を放してしまうだろう。からかうことで反応を楽しむという手もあるが、それは今度だ。夢の時間が終わりを告げるまで数十秒、潤は黙ってその状況を存分に楽しんでいた。

もちろん潤の目的も理央同様、このデートを素直に楽しむということだけではない。彼にとってなによりも重要な果たさなくてはならないことがある。それは一体何なのか。デートの行方の前に、昨日の話も少ししよう。

時はお昼、場所は大学の講義室。黒板からの距離と比例するように、生徒の授業に対する真剣さも後ろへ行くほど薄れていく。潤は普段、前寄りの「まあまあ真面目」付近に座っているが、その日はなかなかペンが動かなかった。

事あるごとに、どうしてあの時こうしなかったのかと、前の日のことを思い出しては気持ちがズーンと沈んで制御が利かない。

「はぁ……」

ため息をつき両手で顔を覆う。あの時なあ、あの時なあ……。うじうじと、初めは悲しみの感情が心を占めていたが、考えれば考えるほど悔しく感じる。そうだ、難しい話ではない。あとちょっとだったのだ。相手は完全に無防備だった。嫌な顔をされず、自然とできたはずだった、あの状況なら。ああ、最大最強のチャンスだった！

思い返すほど悔しさが積み重なり、やがてポッと自分に対する怒りの感情が生まれた。メラメラと、悲しみが覆いかぶされるまで時間は要さず爆発した。

「クソッ！　彼の家は一体どこなんだ!!」

流石に授業中、声には出さなかったが、彼の中では木霊していた。

馬鹿で阿呆で無計画で、浮かれすぎてちょっと先のことを考えなかった自分に腹が立つ。一時の感情に呑まれてさ……。ああ、畜生。今も一つの感情に呑まれてるじゃないか。

「ふぅ……」

大混乱の心を静めるように大きく息を吸い吐きだす。そうだ、一時の感情に呑まれて正しい選択をするための判断を鈍らせてはいけない。怒りもまた然り。これでも僕は獣医の卵だ。一応頭はいいはずなんだ。過去の失敗は次に生かすもの。

気持ちを切り替え、配布されたプリントをサッと裏返す。成績の維持のため、時には潔く勉強を諦める選択も必要だ。なんだか矛盾しているようにも聞こえるが、気にしてはいけない。

潤は一緒に出かけるための口実を思いつく限り箇条書きにしていった。悟られてはならない。警戒されてはならない。何か自然に、尚且つ彼が食いついてくれそうな誘い文句はないだろうか。

「買い物？　食事？　いや、ダメだ。必ず来てくれるとはっきり言えるほど、仲良くなった自信はない。えっと、それじゃあ、うーん、お家デート……。は！　何言ってんだ。下心丸見えだよ！」

潤が授業をガン無視でぶつぶつと何かやっているものだから、両隣の友人らも興味津々でその紙を覗き込んできた。

「――え？　潤のデートを断る女子なんてそうそういないだろ。なんて大物を狙ってるんだ……。それならアレだな。何か相手が欲しがっていた物か、やりたがっていたことで釣る作戦」

「なるほど！　欲しがってる物、やりたがってること……、ね」

　前回のデートからヒントを探そう。食事中、買い物中での会話が重要となってくる。発案と試行を繰り返す。周りの学生がどんどん与えられた紙を文字で埋めていく中、彼だけプリントの裏側が黒くなっていった。その代償は後々払わなければならないことになるだろう。

「猫カフェか、猫が多くて有名な島、寺、神社。うーん、地元に連れていく……？　いやいやいや。猫から離れるとしたらぁ――、カラオケ？　遊園地？　でもカラオケは嫌だし、音痴ってバレるから……。はぁ、どれもなんだかベストとは言えないな」

　残念なことに、授業の時間だけではいまいち良い案が思いつかなかった。でもいい線はいっていると思う。他に案が出てこなければこの中の一つを実行してみようか。もしだめだったら――。彼は断られたときの対策なども考えながら帰路につく。

　電車に揺られ、駅からとぼとぼと家の前までやってくる。変わらずそれ以上の案はでてこない。絞りに絞り出した。ここまできたら潔く当たって砕けるしかないか。

　だがそのとき、自身のアパートを見上げたことがきっかけで、潤の頭の中に電球が煌々と輝いた。

「アッ！」

ひとつあったぞ、彼が食いつきそうなものが。潤は真上に誰が住んでいるとも知らずに、ドアノブに手をかけながら気持ちを高揚させていた。

それは非常に危険を伴う。だが、虎穴に入らずんば虎子を得ずだ。なるべく自分に都合がいいように。ただし、必ず理央の気をひけるように。尚且つ、自然になるように。

潤は頭の中で思い描いたことを全て紙に書き出していった。出し切ると、今度は必要がない部分を省くように、いらないと判断したものはその度ペンでぐちゃぐちゃに潰していく。そうすることで、紙の半分ほどが真っ黒に塗りつぶされ、逆に、彼の理論に必要なパーツは白く残り、紙面で光って見えた。発光する文字の列を目でたどる。潤は満足そうに笑った。発案、試行の段階は終了だ。あとは実行――、つまり電話をかけるだけである。

もぞもぞとカバンを漁り、目的の物体を手にすると、発信ボタンに指をのせる。躊躇すること数え切れないほど。「よし……！　あ、でもなぁ」を言った数が三桁に及ぼうとした頃、彼は決意を固めた。

結果はご存知の通りだ。そして現在に至る――。

「楽しみだね、理央のおじいさんに会うの」

潤の言葉に対し、考え事をしていた理央は一瞬固まってしまったが、すぐに「あぁ」と納得した。

「うん、久しぶりだからね」

そして、慎重に、一つ一つ言葉を選ぶよう続けた。

「それも楽しみだけど、あの、駅前にできた新しいレストランがさ、気になるから夕方ぐらいに――。そうだなぁ、夕日が沈む前くらいだったから、五時とかに行きたいんだけど。どお？」

夕日がどうしたんだと潤は思ったが、一緒に行きたいと思ってくれたことが嬉しく、彼はすぐに賛同した。彼の最終目的は理央を家まで送り届けることなのだから、一緒に夕食となれば自然とそうなるだろう。滑り出しは順調だ。

もちろん理央も考えていることは同じだった。よっしゃと心の中でガッツポーズをする。そうだ、その時間その場所に、ちらっと顔を出すだけでいいんだ。あとは流れに任せよう。

良心に刺さったトゲの数は幾分か増えたが、理央は気にしないようにしてすぐに話題を戻した。

「それにしても、潤が居場所知ってるかもって電話してきたからビックリしたよ」

「ああ、理央の話で思い出して。前のアパートでちょっと噂になってたから。隣に猫蕎麦の創業者が住んでいるなんて信じてなかったけど、行ってみる価値はあるよね」

潤の言う隣とは、隣の部屋のことだったが、理央は隣の建物だと理解した。アパートなんかに祖父が住んでいるとは考えもしない。

潤はお騒がせ爺さんの一人だったことは伏せ、「僕はよく知らないけれど……」など様々な嘘を混ぜながら喋った。実際にも怒鳴り声を聞いていただけで、それ以外の付き合いはなかったし、顔もぼんやりとしかわからない。それに、あの場所にいるだろう事実に偽りはないのだ。重要なのはそこだろう。

しばらく話していくうちに、お互い心に余裕が生まれてきた。やることはやったし、必要な伏線も張った。緊張や心配などの気持ちも溶けて消える。

「おじいちゃん頑固だからさ、久しぶりに会いたいなーとも思うけど、何て言われるか心配だよ。素直に可愛い孫が来てくれて嬉しいって言ってくれればいいけれど」

「あーたしかに、そんな感じするよね」

潤が何気なくさらっといった言葉に、理央は「ん？」と軽く眉間に皺を寄せた。それに対し、潤も「ん？」と返したが、咄嗟に奴を知らない設定を思い出し、

「あ、何というか、年寄りに対する偏見」

と苦し紛れに言い訳をした。しかし理央が気にする様子はない。

「ふふ、偏見だよ。別にみんながみんなそうって訳じゃないって」

そこで一旦会話は途切れたが、潤が絶妙なタイミングで、

「加えて彼氏を連れてきてるしね」

と、いきなりそんなことを言うものだから、

「ブッ、ははは、冗談やめてよお！」

理央はツボにはまり、腹を抱えた。確かに、何年も会っていなかった孫が彼女ならまだしも、突然彼氏を連れてきたりなんかしたら面白いことになりそうだ。

「ふふ、だってぇ、ふふ、そんなこと、ねえ？」

その状況を想像して一人で大笑い。あの人ならどんな顔をするだろうか。言葉を失ってぽかんとするか、無理に笑顔を装うか、試してみても面白そうだ。

笑いを止めようと、呼吸を整えながらチラッと潤の方を見た。しかし、思っていた状況と全く異なり、一気に氷点下まで肝が冷えた。全然笑ってない。むしろ、

「……笑いすぎだよ」

ぼそっと呟くように言う。

「……」

あ、地雷踏んだかも。

「え、っとぉー……」

下手な慰めは逆効果だ。選ぶ言葉に気をつけて——。そう思ったが、だからといって何といえばいいのか全く思い浮かばない。

潤は理央が次の言葉を発するのを待つことはせず、踵《きびす》を返してすたすたと歩き始めてしまった。理央は慌てて小走りで追いかける。彼はそのまま高い建物に挟まれた小道を進んだ。入り組んでおり、人通りが少ない。来た道とは違うが、進んでいるのは家の方向だ。会話がなく、とても気まずい。

「あ、あのさ——」

引き留めるために口を開いたはいいが、先が続かない。何か言わなくちゃ。何でもいい。何か、何か……。ああ、出てこないよ！

かける言葉が見つからず、頭を抱えてあたふたしていると、潤は立ち止まった。振り返り、今にも泣きそうな顔だ。理央のその先の言葉を待つ。

「——あの、ごめん……、そんなつもりじゃなかった」

「謝らなくていいよ……」

消え入りそうな、とても小さい声だ。返事に困る。すると代わりに潤が口を開いた。

「理央は——、初めは一目惚れで。ただ見た目とか雰囲気が好みだったんだけど、性格もよくわかってきたし——」

「……」

潤は一歩、二歩と理央に近づきながら
「ねぇ僕じゃだめ？」

ねだるように理央の目をまっすぐ見た。

「そんなこと言われても……」

目をそらす。でも、距離が近いだけに視界の端で潤が真っ直ぐ見ていることは痛いほどわかった。この状況、どうしろというんだ。彼だって、ああ、わかっているくせに。

理央には数十秒が何分にも感じた。お互い無言で何も言わない。理央は我慢できず眉間に皺を寄せ、大きく息を吐く。

無神経な言葉を発したついさっきの自分を恨んだ。できるものなら殴ってやりたい。それにしても、なんでこう自分は、とっさの判断に弱いんだ。どんな台詞を吐けば正解なのか——。

しかし、理央を苦しめた沈黙は予想外の形で突然破られた。

「ブッ……、ふふふふふふ」

「え？」

ぱちぱちと瞬きをした。彼の方を見る。目に飛び込んだのは、自身の鼻と口をふさぐように両手で覆い、プルプル震えながら笑いをこらえている潤の姿だった。

「ふふふ、理央ったら、ふふ、めっちゃ焦ってて、ほんとかぁーわいい。んふふふふ」

一瞬非常に困惑し、次には安堵よりも恥ずかしさと怒りが入り混じった感情が先に飛び出た。——うわこいつ、まじでからかってただけかよ。

信じられないといった顔で、ただただ見つめる理央の視線に気づいた潤は、それまたツボだったようで、口を覆い隠しながらぐふふと笑った。理央は手で髪をかきあげ、おでこを押さえる。

「あーもう！　お前のことなんかもう信じねえ！」

なんだったんだ、今のやり取りは。手のひらで転がされていただけだったのか。顔が熱くなるのを感じ、たまらずダッと走り出した。

「わ！　待ってよ！」

潤が腕を掴んだことで理央の体が反転して戻ってくる。恥ずかしいから顔を見られたくないのに。この分からず屋！

　そのまま、猫のようなじゃれ合いが始まった。

「お前のことなんか嫌いになるぞ！　まじで！」

「そんなこと言われたってちっとも痛くないよ！　僕の愛はそんなちょろいもんじゃないね！」

　ぎゃーぎゃーと、二人は揉みくちゃになりながら大声で言い合った。なんと平和な喧嘩か。理央は逃げるように後ずさり、潤は嬉しそうに向かっていく。――気づけば道路はすぐそこだ。

「あ！」

　潤が危険に気づいた頃には、理央は背中から道路に飛び出していた。潤は必死に腕を路地側に引き寄せる。天地が反転したような視界が目の前に広がり、
　ズドンンンン……。

　理央は反動で潤に覆いかぶさるように倒れこんだ。道路の方からは接触しかけた車が急ブレーキ音を響かせる。

「う……、あっ、わ！　ごめん！　大丈夫？」

　潤を潰してしまった。焦ったが、下にいた彼は平気そうで、

「うん、ラッキースケベ」

理央は馬乗りのまま無言で潤を殴った。

「いったいなぁー」

それでも笑顔な潤に、

「このマゾめ……」

悪役のように吐き捨てたが、手を伸ばして起こすのを手伝った。

「わーい！　ありがと！」

潤は意気揚々と手を摑み立ち上がる。しかし気を休めている時間はない。道路の方から車のドアが閉まる音が聞こえてきたことで、

「うわ、ヤバッ」

咄嗟に隠れなくてはと判断した理央は、手を握ったままの潤を、今度は建物の隙間に向かってブンと張り倒した。

「わ！」

積み上げられた段ボールにダイブさせられる。続けて理央も駆けこんだ。しかし、崩れた大量の段ボールと、倒れた潤のせいで奥まで進めない。アアッ！　邪魔！

近づかれれば理央の背中が丸見えだ。飛び出したのはこっちが原因だし、怖いおじ

さんに怒られてしまう。そう勝手に想像して理央は身震いした。うわあぁ、こっちまで来ないで！　と強く念じる。

念が通じたのか、彼に新たな力が芽生えたのか。思いのほか運転手の気が変わるのが早く、その影はさっさと車に戻っていった。

「……行っちゃった？」

ひょいっと顔だけ出して確認する。もう誰もいない。しばらくすると車のブォンという発車音が聞こえてきた。

「ふぅ、よかった」

額の汗をぬぐい、理央は未だバタバタしていた潤を段ボールマウンテンから引っ張り出す。

「バレなかったよ！　さあ、行こう！」

通りにでて歩き出そうとする理央を、潤は少しふらつきながら追う。そして彼の肩を両手で摑むと、

「ほら、こっちだよ……」

彼の体をくるっと一八〇度、目的地に向けて方向転換させた。

　そのまま歩くこと十五分程たった頃。潤も張り倒された衝撃から元気を取り戻し、渋滞で詰まった車の横をスタスタ進んだ。加えて、公園や路地を突っ切り存分に近道ができた。車は持っていないし、バスという選択肢もあるにはあったが、今日に限っては徒歩を選んだのはラッキーだったらしい。

「あ、もうそろそろだよ。意外に早く着きそう」

　潤がスマホで道を確認する。やったねーなどと陽気に言いながら数歩進むが、

「うわ、何あれ……」

　と、前方でハトが群がっているのを見つけて口にした。子供がこぼしてしまったのだろうか。散らばったお菓子のクズの周りに何匹も群がっている。

「え？　嫌なの？　ハト可愛いのに」

「かわいい？　そうかなー。鳥全般好きになれないんだよね。ＰＴＳＤ起こしかける」

「うわダメじゃん。獣医なのに。――ってＰ？　なんて？」

「うそ、そこまで酷くないけど。関連づけてトラウマがフラッシュバックしちゃうやつ。授業でやるのは哺乳類ばかりだし、鶏だけはなんとか克服しようとしてるよ」

「そうなのー？　じゃあ鳥側歩いたげるよ！　貸し一つね。今度蜘蛛いたら退治して」

先ほどのこともある。罪悪感から少し優しくしてあげようという心が芽生えた理央は、潤と立っている位置を逆にしてその道を進んだ。

「え、う、うん。ありがとう」

大したことはされていないが、潤は嬉しさのあまりどもるほどだった。ちょっと仲良し度が上がった気がする。いい兆しじゃないか。がんばろう。

「——理央は蜘蛛がダメなの？」

潤は少しおいてから、思い出したように質問を振った。

「そそ。というか虫がほとんどダメ。あ、あとはキリンかな……、ふふ」

理央は答えながら、自分で言ったことに一人で笑い始めた。

「ええ？　キリン？」

潤もつられて笑う。

「うん、ＰＳＴＴ起こしかけちゃう。ふふふ」

「なんだよそれ。結構違うものになっちゃうよ。ＰＴＳＤね」

「あはは、それだそれ」

潤は理由を求めたが、理央は笑いながらはぐらかして「あ！　もう着くってよ！」と潤のスマホを覗きこんだ。潤は首を傾げたが、出会った日の夜を指して言っているとは、気づけるはずもない。

彼の言う通り、目的のアパートはすぐ目の前まで迫ってきていた。

「あ！　そうそうこの道沿いだよ」

そう潤に言われた理央は、「おじいちゃんのことだから――」と様々な形状の家を想像した。

何階建てだろうか。中はどんなだろうか、庭はどんなだろうか。どんどん膨らむ想像が溢れて止まらない。しかし、少し可哀そうだが、その期待は大きく裏切られる。

理央は唖然とした。開いた口が塞がらない。

「え、えっと、潤？　ね、ほんとに？　本当にココ？」

「ん？　そうだよ」

理央は古びた建物を見上げた。お世辞でも良い家とは言えない。三度の飯より金稼ぎが好きだった祖父だ。祖父がおかしくなったのか、はたまた潤がほら吹きなのか。

ふん、舐めてもらっては困る。答えは明白だ。理央は迷わず、

「潤、ただ一緒に出かけたかったからって、テキトーなこと言ってんじゃ――」

と潤の方を選んだが、

「は？　違うよ！　嘘じゃないってば！」

彼は心外だと言いたげに激しく否定した。

アパートの前にはレンガを積み上げた背の高い花壇が連なる。潤はその縁に足をかけると、花の上をひょいっと飛び越えた。チューリップの頭が揺れる。全て合わせて腰の高さほどだろうか。彼はスタッと着地に成功すると、そのままドアの前まで走っていった。

「ほらあ！　菊池って書いてあるよ！」

名前が書かれたプレートを指差して叫ぶ。

「――エッ？　そっちなの!?」

そのアパートは理央が眺めていた建物のすぐ隣、二面が車道に接する角地に位置する。こっちの古びた建物よりも、十数年分年季が入っているように見えた。

「菊池なんてそんな、ありふれてるし……」

祖父がここにいるとは到底考えられない。あまり期待しないでおこう。

「はぁ、いまいくー！」

理央も潤がいう部屋に向かおうとしたが、その前に花壇が立ちはだかる。手入れはよく行き届いているが、建物の雰囲気とミスマッチだ。敷地を囲むように横にずらっと長く伸び、角には洋風の黒い門塀がついている。自らの領分がどこまでかを主張するには都合がいいのだろう。パンジーやらジニアやら、背の高いものはチューリップに——、あとは紫やら青やら細長い花が生えている。名前は知らない。

潤のように飛び越えようとも思ったが、あまり自信がなかったため彼は門を通ることにした。しかし不運なことに、この行動が本日二度目の命の危機を招いた。アパートすぐ横の道を数台の車が凄まじいスピードでピューンと通り過ぎ、理央はそれに接触しかけた。

「ウオッ！」

後ろに数歩後ずさりをし、目を丸くしながらその車の列を呆然と眺めた。閑静な住宅街を車の爆音が木霊する。あっという間に静かになるまで、理央はそれを眺めていた。

「——事故でも起こさなきゃいいけど、なんだあれ……？」

しかし、問題は次から次へと発生する。

「ウワッ！」

今度は潤の方からだった。理央は反射的に振り返るが、時すでに遅し——。

ダンッ……。

どこの誰だか、その菊池を名乗る部屋のドアが音を鳴らして閉まる瞬間を理央は目撃した。立っていたはずの場所に潤はいない。

「え……、潤？」

これは、一体……。部屋の前で騒いでいたのだから、追い返されたというのならわかる。当然の反応だろう。だが、それならそこに潤がいないのはおかしい。気づいていないだけで隠れているのか。

明らかに中に引きずり込まれたというのは見ていなくても分かったが、そんなホラー映画のような展開を彼は認めたくなかった。

まさか、潤はふざけているのだろうか。すぐにでもさっきのようにドッキリだと言って出てくるかもしれない。そうだ、きっとそうに違いない。

「ねえ、潤？　やめてよ怖いから！」

返事はない。しかしきっとドッキリだ。怖がるのを見て楽しんでいるんだ。理央は心の中でそう願うように繰り返し考えた。近づいていけば、ワッと言って出てくるかもしれない。ビクビクしながら一歩、二歩――。

「おい、もういいから！　早く出てこいよ！」

だが一向に潤が出てくる気配はない。理央は落ち着きを失いおどおどする。手を強く握りしめた。

「そろそろ出てこないと面白くないよ……」

ポツンとその場にひとり残され、昼間だと言うのにいやに静まり返った住宅街が理央の恐怖をなおさらかき立てた。

九、猫にマタタビ、女に刑事

「――つまり、大谷栄吉は堂林一花さんに訴えられているんだね？」

「ええ、ご近所トラブルです」

二人の男女は駅前の喫茶店で向かい合っていた。土曜の昼間ということもあり少し混み合っている。男がコップに口をつけると、女も合わせるように自分の飲み物をすすった。もうすぐ底が見えそうだ。

「じゃあ狙いは堂林さんということか？」

事情聴取での会話を思い出す。売人がイチカという名を聞いていた。犯人の狙いは彼女で間違いないだろう。隆雪は確信する。

「そんな、殺したいほど恨んでいるようには……。まあ、殺気を隠すのが上手い人なのかもしれませんが。あ、それと、ちょっと話が戻りますけど、広瀬さんのいう拳銃の売人というのは、あの噂の売人のことでしょうか？　えっと、情報の売買とかもやってる……」

「へ？　ああ、そんな事も言ってたなぁ」

「あら、じゃああの方は捕まってしまったのね。それは困ったわ……。あっ！　でも大谷が銃刀法違反、もしくは殺人未遂なんかで捕まれば、民事訴訟どころじゃなくなるわね。一花さんの願いは退去、もしくは二人の騒動の終結だし。片方が捕まったとなれば……。じゃあ鏑木潤を探す必要も……」

だが残念、せっかくの裁判はお預けか。

華夜が顔を上げると、隆雪とパチリと目が合う。彼女が独り言のようにブツブツ呟くものだから、彼には華夜の言葉がよく聞き取れなかった。何か言いたそうな表情だが、説明する訳にもいかないだろう。犯罪者と関わり合いを持っていると思われれば面倒ごとに巻き込まれる。取調室に呼ばれる機会を棒に振ることにもなり、少し惜しい気もするが、仕事に響きそうだ。どうせなら参考人Fぐらいの、そこまで重要な証言を必要としない人物として、気軽に話を聞かれる感じが安全だしいいだろう。弁護士の仕事を続けていけばそんな機会もきっとあるはずだ。

彼女の脳内で以上の思考が繰り広げられたことで、

「ああ、なんでもありません」

さらっと、とりあえずは誤魔化すことにした。隆雪からすればあまり何でもないようには見えなかったが、こう言われては安易に追及する訳にもいかない。それに、きっと大したことでもないのだろう。理央から華夜が少し変な子だと聞いている。この奇行もその一つ、彼は勝手に納得した。再びコップに口をつける。

「それで？　裁判はいつの予定かな？　大谷は裁判前にけりをつけるって言ってたみたいだから」

「あら、そうなのですか？」

華夜も優雅にコップを手に取る。

「――それなら明日です」

「エッ？」

不意をつかれたことで、コップが隆雪の手から離された。高さ〇・三メートル、重力加速度九・八メートル毎秒毎秒により、〇・二四七四三六秒後にはガラス破片の花火が見られることが予想されたが、隆雪は必死にそれを阻止する。お空に上がる花火の方はもうとっくに見納めだ。

「は？　明日？」

「はい、明日の早朝です」

男は一瞬眉をひそめ、

「――いやいやいやいや、だって日曜日だよ？　裁判所は働かないよ」と少し考えてから発言した。

対する女も、負けじと眉をひそめる。

「日曜日だとしても明日は明日です！　ニャーオで20日だって……」

鞄からガサゴソ手帳を取り出し、堂々と、テーブルの真ん中で大きく開く。隆雪も身を乗り出してのぞき込んだ。さあ、正しいのはどちらか。

20日の欄を見たが、残念、何もない。代わりに22日のところには、はみ出んばかりに元気よく、「裁判！」と書かれていた。

「あら、そっか、ニャーニャーか。鳴き声で覚えていたものだから、私ったら……」

華夜はポッと頬を赤く染めた。

「……あ、そう。わかった」

隆雪はため息をつきながら理解した。裁判日は22日だったこと、彼女がちょっとおかしいことも。

「――じゃあ整理すると、裁判が早朝だと言うならば、前日までに大谷が動く可能性が大きくて、今日じゃないとは言い切れないけれど、21日までには犯行があるだろうということだね？」

一人でうんうんうなずきながら、彼は自己完結的にこの奇妙な会話を終わらせようとした。しかし、

「でも、広瀬さん、ちょっと待ってください」

華夜がそれを制した。まだ終わらせるわけにはいかない。彼女は一息置いてからはっきりと言う。

「やはり犯行は今日だと思います」

「どうして？」

隆雪が怪訝そうな顔をするが、華夜は自信満々だ。顔は笑みがこぼれんばかりである。刑事とこのように、意見を交わし合うというのは彼女にとって夢見た光景なのだ。しかし、ヘラヘラしていると思われたくない一心で、すぐに表情を抑えた。

「確かに口頭弁論期日は22日でした。だから初めは私ニャーニャーで覚えてましたもの。しかしニャーニャーがいつの間にニャーオになり、記憶が完璧にニャーオになっていた時に大谷に聞かれたものですから、そのままニャーオ、つまり20日だとお伝えしてしまいました。したがって、大谷は裁判を20日だと思っているはずです。裁判所からの通達をご自身で確認されていたら別ですが、答弁書についても私が言うまで知

らずに放置していたぐらいで、その可能性は低そうです。心配で思わず、敵なのに弁護士を立てたらどうですかって勧めてしまいましたもの。まあともかく、彼自身が20日までにどうにかしなくてはいけないと、そう思っているのであれば口頭弁論がニャ、えっと22日だとしても事態は依然、急を要します」

華夜は力強く言い切り、隆雪は話を整理するように腕を組んで考える。そして深くうなずいた。

「なるほど。それならたしかに、九割型犯行は今日だ。ニャッ……、いや、20日だって思ってるんだもんね」

そう言いながら彼は腕時計に目を落とす。

「うわ、でもすでにお昼……。堂林さん、無事だといいんだけど――」

彼は小声で祈るように言う。とにかく、早く確かめよう。

「橘さん、彼女の電話番号わかるよね？」

彼女は目を大きく見開くと、笑顔で激しくうなずき手帳を摑んだ。目的のページまで素早くめくる。対する隆雪は不安で生きた心地がしない。スマホを取り出すと恐る恐る番号を打ち込み、発信ボタンをポチッと押した。耳に当てる。呼び出し音が聞こえ始めた。

「お願い出て出て出て出て出て出て出て出て……。――ああっ！　よかった、生きてますねっ!?」

華夜には一花の「はぁ？」と答える声が聞こえてきた。どうやらまだ何もされていないらしい。この後アパートで住民と会う約束があるというが、隆雪ははっきりと行かないように伝えた。今日が最期の日になりかねない。

不安が払拭された彼は意気揚々と立ち上がり、耳と肩でスマホを挟みながら器用にお茶代の会計を済ませた。あとは大谷を捕まえるだけだ。電話を切るとすぐに次の行動に移る。

「橘さん、アパートの住所も教えて！」

本部にも大谷がいるであろう場所を伝え、いち速く人を送らないと。ああ、なんで最初にそれをやらなかったかな。

もうここを出るのだと察した華夜は、すでに荷物を綺麗にまとめていた。口頭で言うよりメモを渡した方がいいだろう。適当な紙を探すと、喫茶店の紙ナプキンが目に映った。サイズも丁度いいし、紙に変わりない。彼女はそれを数枚手に取ると、急いだ様子の隆雪のために自前のペンでささっと書いた。

「ありがと！　じゃあね！」

メモを受け取った隆雪はそのまま立ち去ろうと向きを変える。が、当然だ。華夜にこんな機会は逃せない。

「あ、あの。待って……」

彼の袖を摑むと、精一杯の上目遣いをした。

「置いてかないでください、私お役にたてます！」

目をキラキラと輝かせ懇願する。

「え、でも危ないし、それに――」

「近道わかります！　他の住民のことも、あ、あと間取りも！　絶対邪魔はしませんので、お願い……」

今まで幾度となく見てきた刑事ドラマを実際に体験できるのだ。何としてでも連れて行って欲しかった華夜は両腕で彼の腕に絡み付いた。

しかし、これは遊びではない。隆雪はその手を振りほどいてしまおうと思ったが、多数の視線に気づく。店中の客が、何だ何だとこちらに興味津々だ。傍《はた》から見れば痴話げんかか？　しかも、まるで自分はひどい男のように見える。

「ええええ？　でも――」

連れていく？　部外者を？

そのリスクと、この子を振り払うまでの労力を比べる。とにかく何に対しても問題を起こしたくはないというのが彼の性格なのだ。しかし両方は選べない。非常に困惑したが、悩んでいる時間も惜しい。

「ああああ、もう仕方ないなぁ！　ちゃんということ聞くんだよ？」

なんだか父親になった気分だ。

「やった！」

好奇心の塊のお嬢様を連れて、隆雪は車に向かった。間の時間も活用するため、歩きながら本部に電話をかけ、華夜のメモを読み上げる。対する華夜は「夢見たーい！」と何度も騒ぎながら彼の後に続いた。

車に到着すると、ひょいっと隆雪は運転席に、華夜は助手席に座った。シートベルトもオッケー！　車は排気ガスを撒き散らしながら走り始めた。

「うふふ、なんだか刑事になった気分です」

「あーそう、そりゃよかったよ」

ぶっきらぼうに言った。そのくせ返事がなかったことに気を悪くしたかと心配し、隆雪はチラッと華夜の方を見る。幸いなことに彼女の耳に届いた様子はない。鼻歌を歌いながら赤色灯をいじっている。

普段から言葉や態度を穏やかにすることに気を付けてきた隆雪だが、思わず理央と接しているときのような態度を取ってしまったことに自分で驚いた。自分勝手さが似ているのか。それともストレスが溜まっているのかもしれない。

とりあえずはよかった。彼はホッとし運転を続けた。

しばらくは静かに華夜は舐め回すよう警察グッズを眺めていたが、満足した頃、ハッと自分の職務を思い出した。

「あ、そこ、右に曲がった方が早く着きます」

道案内をするから同乗させてくれとせがんだのだった。ちゃんとやらなくてはその辺の道端で降ろされてしまう。

微妙にタイミングが遅い右折の指示に、隆雪は見事なハンドル捌《さば》きで応じた。その後もタイヤをギュンギュン鳴らしながら、ギリギリのところで応じていく。その少し荒れた運転に刑事らしさを感じて興奮していた華夜だが、あることに気づき口を開いた。

「あの、広瀬さん。素朴な疑問なのですが、刑事って二人で組むんじゃないんですか？　ドラマだといつも……」

「ん？　ああ、いつもはね。でも相手が徹夜続きで……、可哀想に。でも、今スヤスヤ眠っているのかって思うと羨ましいよ」

「じゃあ、今日は私が相棒ですね」

「はは、まあそうだね。よろしく」

華夜はウキウキが隠しきれず表情が緩む。話が止まらない。

「そういえば、先日私もビル街の西側へ行ったんですよ。丁度刑事さんたちが張り込みをしていた日です。他の住民から前の日の晩に大谷が随分酔っ払って帰ってきたと聞いて、飲みに行っただけだと仰っていたようですが、私が会った朝はどうも挙動不審で……」

「多分拳銃を買いに行ってたんだね」

「ええ、きっとそうです」

華夜はその日のことを思い返した。そういえば売人を見かけた気がしていたのだ。今日聞いた内容から、あれは本人だったのだわと確信した。現に、本物の売人はその日その周辺で逮捕されている。彼女が勘違いするのも仕方がないだろう。

「あ、そこを左です」

「ああ、はーい」

またもや直前に言うものだから、隆雪は軽く減速しただけで、グインッと一車線の道に入り込んだ。見た限り安全と思われたが、助手席の華夜が声を上げる。

「きゃ！　ストップッ!!」

隆雪はすかさずブレーキを強く踏む。彼にも小道から飛び出してきた人影が一瞬見えた。しかし、跳ねたか跳ねなかったか、そんな瀬戸際のところで人影は目にも留まらぬ速さで小道に吸い込まれていき、男女の区別も彼には出来なかった。

「うわ、心臓止まるかと思った……」

停止した車の中で、身を乗り出し相手の様子を確認しようとしたが、駄目だ。この角度からはよく見えない。前に出すぎだ。

「今の人、ちょっとあの方に雰囲気が似ていた気もしましたが……、でもこんなところにいるわけないわね。逮捕されちゃったから」

「はぁ、焦った。あ、え、お友達に似てたんだ？」

はねてしまってはいないと思うが――、そもそも当たっただろうか。隆雪はドアを開け外に出た。「その子早く出所するといいね」などと言いながらドアを閉める。相手がケガをしていたら大変だ。大谷に会いに行くどころではなくなってしまう。

さあ状況はどうだ。数歩で辿り着き、最悪の事態も想像しながらひょいっとのぞき込むが、――驚いたことに影も形もない。ニアミスより三十秒も経っていないと思うのだが。

「あれ？　もう行っちゃったのかな」

奥まで見に行くべき？　しかしあまり時間の余裕もない。早く現場に行かなければならないのだから。隆雪はその場をあとにした。もし相手が怪我をしたならば、逃げるように消えてしまうわけがない。きっと相手も急いでいたのだろう。車に飛び乗ると、再びシートベルトを、よしオッケー！　隆雪はブォオンと車を出陣させた。


華夜の道案内に頼りながら一番の近道をせっせと進み、十分程たった頃、順調に目的地まで行けると思われたが、そうはいかないらしい。

「うわー」

隆雪は大きくため息をついた。渋滞に引っかかったのだ。

「全然辿り着かないよー。他の人たちが先に着いてればいいけれど」

天を仰ぐ隆雪に対し、華夜は励ますように口を開いた。

「焦る必要はありません！　今日決行するにしても、一花さんがいなければ事件は起こりません。早朝他の住民にお呼ばれされていたのにも、ちゃんと行かないように伝えたんですよね？　大谷はおそらく、その時を狙っているのでしょう？」

「うん、たしかにそうだけど。彼女が来ないことで移動するかもしれないし、逆上してその辺でぶっ放されたりなんかしたら……。あー怖い怖い」

「そう言われればそうですね……。では、少し遠回りになりますが、道順を変更しましょう。こっちの方がスイスイいけますので」

立てた親指を後ろに向かってビシッと振りつけたことで、回れ右を指示した。

「了解！」

隆雪はその場で車をUターンさせた。一八〇度回転し、反対車線を猛スピードで加速していく。

車に取り付けられた無線からは彼らが近づくのに比例するように、次から次へと現場到着の連絡が入った。他の車両がすでに着いていることで隆雪は一安心する。彼らも目的のアパートまでもう少しだ。

距離を取りつつ様子をうかがうよう命じる警部の声が聞こえてくる。まだ乗り込むまでには至っていないらしい。隆雪にも、どの配置につけば良いかの指示があった。

「そこを曲がって……、はい！　あれです！」

華夜の指差す先に古びたアパートが見えた。やっと着いた。ここまでとても長い道のりだった気がする。

「よし、じゃあ無線で……」

隆雪は無線を取り上げ、嬉しそうに到着の一報を入れようとしたが、

「あれ？　数台こっち側に配置されているはずなのに、一台もいないな」

と周りを見渡した。おかしい。こっち側どころか、ここ一帯それらしい車両が一台も見えない。うまく気配を隠すにしても、物体までは消せないはずだ。忍者じゃないんだ。

「いえ、ここで合っているはずです。ですがたしかに、あたりに他の車はありませんね」

うーん……。隆雪は頭を掻いた。警部に直接聞くか。この場合は電話で聞いた方が速いと考え、スマホを取り出す。

「はい、広瀬です。現場に到着したのですが他の車両が見当たらなくて――。ええ、西側です、アパートの――、は？　……いや、そんなことは」

彼の顔はみるみる青ざめた。華夜が何事かと首をかしげると、隆雪が視線を彼女に向ける。そして慎重に問いかけた。

「えっと、橘さん？　住所はあれで確かなんだよね？」

「ええ、バッチリなはずです」

「その……、警部たちはただの一軒家を張ってるみたいなんだけど。──アパートじゃなくて」

「え？　それは彼らが間違えたのではないでしょうか。私が住所を間違えるはずがありません」

「ほんとに？　ねぇ絶対？」

くどいな。なんで信じてくれないのかしら。華夜は大きくうなずくとはっきり述べた。

「間違いないです。復唱できますもの。又田日町7の3の16です」

「……ん？　7の3の16？」

「ええ、7の3の16です。7の3の16といったら7の3の16です。だってそこにも7の3だって書いてありますよ」

彼女もくどいほど言う。華夜からすれば何度も来た場所なのだ。本来なら疑う余地もないだろう。それに、助手席のすぐ横に立つ電信柱もそれを証明している。

言われた通りに隆雪は身を乗り出した。そこに書かれた二つの数字を確認し、言葉を失う。ゆっくり体勢を戻しながら口を開けた。

「あ、あのさ、書いてくれた紙の文字、1の8の10に見えたんだけど」

「ああ、紙ナプキンですから。ちょっと字が暴れましたけど」

「……」

なんでそんな平然としていられるのだ。状況を理解していないのか。あまりのことに隆雪が言葉を失う。その様子を見て、華夜も遅れて手をポンと叩いた。

こんなこと、警部になんと説明すればよいだろう。彼は通話中だったスマホに耳を当てなおす。

「あのー、ですね。情報の混同がありまして、正しい現場の住所がたった今判明しました。よく聞いてください。大谷が住んでいるのはアパートです。そして住所は7の――」

バーンッ!!!

突然の音に彼は思わずスマホを落とし、目を見開いた。華夜も小さな悲鳴をあげる。その発砲音は住宅街に静かに木霊した。電話越しで警部がなんだなんだと騒いでいたが、誰の耳にも届かなかった。

最悪の事態だ。一花ならこの場にいないはずだが、それなら誰を撃ったのか。考えうる中で最も良くないことが現実になってしまった。しかも、自分の責任で現場には刑事がたった一人だ。もう少し注意していれば、ここ一帯は警察関係者で一杯だったかもしれないのに。

隆雪は焦りを感じつつ、ブレーキとアクセルの間に入り込んだスマホを急いで拾い上げた。とにかく住所だ。スマホを耳に当てること三度目。

「7の3の16、7の3の16です！　それと拳銃の発砲音です！　現場の確認に向かいます！」

そのまま突入しそうな勢いの隆雪を警部が慌てて制した。中に入っても怪我人が増えるだけである。一人でどうこう出来る問題ではないことは隆雪も百も承知だったが、諭されたことで少し冷静さを取り戻した。相手は拳銃、こちらは警棒。警察官だからといって、制服の警官でもない限り拳銃なんて常に持ち歩いている訳ではないのだ。落ち着こう。これ以上失敗を重ねるわけにはいかない。隆雪は大きく深呼吸をした。

「ええ、様子を見るだけです。大谷には気づかれないようにします」

随時状況を報告すると警部に伝えると、一度電話を切った。よし、では慎重に行こう。このあとの大谷の行動を観察するだけだ。部屋に残るようならそれでいいし、移動するようなら尾行をするだけでいい。下手に刺激しないようにしなくてはならない。

隆雪は車を近づけるためエンジンをかけようとしたが、

「あ……」

ここにきてやっと華夜の存在を思い出す。一般人を巻き込むわけにはいかない。

「危ないからここで待ってて」

車から半身を出しながら言う。流石についてくるとは思わないが、念のためだ。

「いい子にね！」

隆雪は一言付け加えるとバンとドアを閉め、そのままアパートの方へ向かって走っていった。さあ、張り込み開始だ！

残された華夜はその様子を数秒眺める。拳銃の発砲、最悪の事態に絶体絶命――。

「うふふ、ここで待つだなんて勿体無いこと、私には無理なお願いね」

サッと車を降りると、気づかれないよう彼に続いた。

十、拳銃籠城事件　壱

腰には鈍い痛みがあった。ちょうど胸椎と腰椎の境目あたりを強打した。下半身は散らばった靴の上に、上半身はフローリングに、ひび割れの多い天井を仰いで寝そべっている。

なんでこんなことになってるかって？　当然だよ、突然後ろに向かって部屋の中に引き込まれたからだ。体勢が崩れるのは当たり前だし、玄関の段差の角に腰から落ちて痛くないはずがない。

ジンジンする腰に手をやりたいところだが、潤は少し考える。これは動いていいものなのだろうか。初めての体験で何が正解なのかわからないが、あっ、こういう時は両手を上げるべきだったか。

そもそも何故荒々しく中へと招かれたのか、それすらよくわからない状況だが、それ以上によくわからないのは、老人が自分の身体のすぐ横にスッと立ち、拳銃をまっすぐ向けてきていることだ。ただ一つ、死ぬほど面倒な事態になっていることだけはわかる。

どうしたものか。とりあえず話をしようと口を開けると、

「一言でも喋ってみろ、動いてみろ。すぐに撃ってやる。この距離だからな、私でも外さんぞ」

老人ははっきりとした口調でゆっくりと言葉を並べ、潤は何も言い返すことなくパクッと口を閉じた。素直にいうことを聞く潤を見て、老人は嘲笑うように鼻を鳴らす。

はぁ？　むかつく爺さんだ。

潤は瞬時にムッとし、眉間に皺を寄せ睨み返す。自分の方が立場が上だと思って調子に乗っていやがる。相手が拳銃を持っていようと一対一なんだ。ヨボヨボはヨボヨボに変わりない。その安心毛布を取り上げても同じ態度でいられんのか？

潤は老人の手元に注意を集中させ、機会をうかがう。突然飛びかかれば相手も委縮し奪い取れるかもしれない。むしろ時間をかけるより短期決戦でこの場を後にした方がいいのではないだろうか。しかし、

「誰だその青年は？」

部屋の奥から別の男の声がした。二人きりだと思い込んでいた潤は心臓が飛び出し

そうになった。心情はまるで授業中にスマホをいじっていたところを後ろから先生に注意された時のよう。作戦はすっぽり頭から抜ける。

「ドアの前でコソコソしていたんだ」

悪ガキでも捕まえてきたかのように老人が言うと、

「その青年は関係ないだろう。放してやらんか」

奥の男はこちらに向かいながら、案外優しいことを言う。だが老人は聞く耳を持とうとせず、

「ふん、何を言う。貴様が助っ人として呼んだのだろ」

と鼻を鳴らした。そして何かを思い出したかのような顔をした。

「そうか、さっき電話をした時だな？　貴様、一花さんを呼ぶといっておいて！」

「いや、ちゃんと一花さんに――」

「でも一向に現れないじゃないか！」

怒鳴り散らす老人は体を震わせ、相手が何を言おうと声をかぶせて否定した。潤はその怒鳴り声になんだかデジャブを感じる。

状況はさっぱりわからない。奥の男に向かって老人は言いたいことだけさんざんまくし立てていた。が、彼がハアハアと息を切らしたところで、やっと相手の男にもま

ともに発言をするチャンスが回ってきたようだ。

「まあまあ、落ち着いてくれよ。彼女も都合が悪くなっただけじゃないのか？」

宥めるように優しい口調で言う。そのまま烈火のような老人の怒りも収まるように思えたが、「こういうことも寛大に受け入れる男の方がモテるぞ」と皮肉をぶち込んできたことで、なおさら老人をプルプルさせた。焼け石にガソリン。せめて水にしてほしかった。足の先から指の先まで小刻みに動き、そのまま引き金を引いてしまうのではないかと、潤は気が気でない。

「貴様ぁ！　よくも！　嘘をついて屈強そうな青年を呼んだのだろう！　お前の考えることなんてわかってんだぞ！」

ところどころ声を裏返しながら叫ぶ。せっかく終わりが見えるかと思ったのに、またさっきと同じくだりがはじまった。収拾がつきそうになく少々うんざりしてきた潤だったが、全て同じというわけではなかった。上からぽたぽた水が降ってきたことで、彼はギョッとし思わず顔をしかめる。

「い、一花さんを呼べば出ていく確率は半分だ。し、しかし、考えてみればそんなことをしなくとも、よ、弱みを握られた、この私を……」

打って変わって弱気になり鼻水をすすりながら訴える。だが、男は変わらず、

「そのつもりなら初めから警察を呼んだわ」

と淡白に答える。

「うぅ、嘘だ！　そんなこと信じられない！」

「嘘などついていない。正々堂々やろうと――」

「私をはめたんだなあ！」

頭を激しく振るとともに、涙を周りにまき散らした。その姿は体を乾かす犬のよう。猫派の潤は軽蔑のまなざしを彼に送る。

静かに対応していた相手の男にもようやく限界が来たようで、

「ああ、五月蝿《うるさ》い五月蝿い騒ぐな！　そんなに嘘つきだと思うなら通話の履歴を見たらいい」

口で言ってもどうしようもないと、面倒くさそうにスマホを老人の方に投げた。男は老人のナイスキャッチを予想したのかもしれないが、威力が足りず手前で落下し始め、その一五〇グラムはあろう物体は潤の頭頂部をかすめるように着地した。

は？　あっぶな、何するんだ！

いままで潤に好印象を与えていた相手の男も、その瞬間深い恨みを買ったことには気づいていないだろう。

「ふん」

老人は鼻を鳴らすとゆっくりしゃがみ込み、そのままお尻をついて壁に寄り掛かるように座った。銃口をこちらに向けることは忘れていない。

潤は老人が視界から消えたことで、寝っ転がったまま頭だけを真上に向ける。前髪がサッと重力に従って垂れた。静かに何をしているのだろうと思ったら、彼は画面と睨めっこをしていた。不器用そうに親指を右へ左へ、一定のテンポで動かす。その表情は徐々に険しくなり、段々と貧乏ゆすりも加わっていった。

「はぁ……、糞が」

もどかしそうに大きくため息と悪態をつくと、今度は両手でその薄い掌サイズの物体に挑むことにしたようだ。銃は彼の足の上に収まる。しかし、それでもうまくいっていないことは表情をみれば一目瞭然だった。

「わからん。そもそもスマホなんて初めて触った。通話履歴はいったいどこで見るんだ？」

「ああ、まだガラケーなんだったな」

奥からあざ笑う声が聞こえた。もう一人の男の顔も、今のうちに確認しよう。潤は背中を反らせる。初めに目に入ってきたのは豪華な家具の数々だった。全く部屋のレベルと合っていない。一目見ただけでは以前住んでいたところと同じ間取りだとはわからないだろう。

　男は手前にある大きなソファの端に座って老人の様子を見ていた。潤は目を丸くする。声だけで勝手に思い描いていた人物像があったが、それをはるかに上回る年齢層の男がそこにはいた。こいつもヨボヨボじゃないか。

「スマホぐらい簡単に扱えないと一花さんに振られちまうな？」

　追い打ちをかけるように馬鹿にしながら、彼は座り込んだ老人の方へやってきた。

「ふ、ふざけたことを言うな。一花さんはこんなことときっと気にしない」

　老人はぶつぶつ言い返しながらも、相手には任せようとせず指をあたふたさせながら画面を探るように動かした。もう一人の老人は隣にゆっくり腰を下ろす。

「そうじゃない。まず緑の電話のアイコンを押してみろ」

「アイ……？　ああ、これか」

　一人の老人が指で指示を出しながら、もう一人の老人が案外素直にそれに従って操作をしている。仲直りできたようでよかったな。そう思いながら、潤は二人の爺さんが友達のように同じ画面をのぞく光景をただただゴロンと寝転がりながら眺めていた。

が、

あ、これ今なら逃げられるじゃん
本来の目的を思い出した。こちらの存在を意識していない今のうちに脱出しよう。善は急げだ。潤はそっと音をころして、足の力だけで体をドアの方へ向かって引き寄せ始めた。

「それは押すなって、電話をかけちまうだろ」

指導者が加わろうと苦戦しているようで、まだ気付く様子はない。仰向けのまま、段差に背中をそわせて進む。扉までもうすぐだ。肩から上だけがフローリングに乗った状態になると、腹筋にフンッと力を入れ、ゆっくりと上体を起こした。散らばった靴の間に座り込む形になる。

「だからこっちだって言ってんだろ！　何回そいつに電話をかけたら気が済むんだ。さっさと履歴見て一花さんにかけようや」

不器用な上ひどく機械音痴な老人に対し声を荒げる。芽生えた友情にもう亀裂が走ったようだ。この調子ならまだ大丈夫だろう。拳銃は老人の足元にあり、銃口は壁を向いていた。潤は体育座りのままお尻を滑らせ前進していき、ドアノブに手をかけた。

あとはこれを素早く押し開けて外に出るだけ。ここからは音をたてないように気を付けるより、さっさと逃げてしまった方が得策だろう。後ろではまだ会話が続いている。彼らが気づく頃には、ドアを閉めて手の届かないところまで走っていける。

潤は緊張で強くノブを握りしめた。静かに深呼吸をする。よしいくぞ——。サン、ニ、イッチ！

勢いよく立ち上がるとともに、力任せにドアを押した。

「あ！　お、おおおお前！」

スマホに苦戦していた老人は彼の不穏な動きに気づくと、すかさずポイッとそれを投げ捨て、あたふたしながら両手で銃を拾い上げる。だが潤の方が速い。

「じゃあな！」

人一人通れる隙間を作ればそれでいい。すり抜けるのに時間はかからない。押戸なんだからなおさらだ。そう思われたが、

ゴン!!

思いがけず、鈍い音がした。ドアの前にある何かに強く当たったようだ。続けて、ドサッとそれが落ちる音も聞こえた。無情にも、その何かが脱出を拒む。

それでも無理矢理押し出せば抜けられるかもしれない。しかし、それは彼が許さない。ロスタイムの間に老人は銃を潤の背中に向けて構えていた。

「止まれ！　動くな！」

撃つ気はない。脅すだけ、それは当然だ。そもそも撃ったら大問題だろう。彼も頭では分かっていたのだが、両手で構えるその腕に、焦りと緊張で思わず力がこもり、
バーンッ!!!

弾丸が飛び出した。空気を切り裂き、わずかに回転しながら一直線に扉へ向かう。

「ワッ！」

潤は耳を塞いでしゃがみ込んだ。彼が立っていたすぐ横には、煙をシュルシュル吹き出す黒い物体が刺さっていた。潤は唖然としながらそれを見上げる。

自らの銃が火を噴いたことで、老人は目を大きく見開き狼狽えた。信じられないといった顔で、先から出てくる煙を眺める。

「……」

部屋の中は一気に静まり返った。刺さった弾丸から目を離した潤は、次に彼らがどうするつもりなのかと、出方をうかがうように二人を交互に見た。発砲した方の老人は魂が抜けてしまったかのようで、立ち上がる気配もない。もう警戒する必要はないだろう。もう一人の老人も驚いた顔をし、彼も放心しているのかのように思われた。

しかしすぐに口を開き、

「君、大丈夫か？」

と潤を心配するような言葉を投げかけた。それは少し意外で、潤は一瞬困惑したが、コクッと小さくうなずく。

「よかった……」

そう言うと今度は立ち上がりながら、もう一人の老人の方を向き、

「さあ大谷、とりあえず奥へ行こう」と彼も立ち上がらせた。

ソファへと誘導しながら、「はぁ、これ以上問題を起こしたら元も子もないだろう……」とブツブツ呟くのが聞こえる。

「い、行っていいかな……」

彼らが離れたのを見て、潤は再びドアノブを掴んだ。両足に力を込める。自分でも思ったより怖かったようで、足をうまく動かせない。でもあと少しの辛抱だ。外にさえ出てしまえばこっちのもの。

腰を抜かしたままでもドアを開けようとする潤を見て、老人を座らせた彼は慌てて戻ってきた。

「ああ、待て待て！　話がある。悪いようにはしないから、お願いだ……」

ここに来てから初めてだ。そんなにも下手《したで》にお願いされたものだから、潤は思わず

手を止め振り返る。しかし、

「何がお願いだ、だ」

片手には拳銃をもっているじゃないか。断ったらまたそれを僕に向ける気か。一回撃ってしまったのだから二回も三回も彼らには関係ないということか。野蛮人め。

男を睨みつけると、足の震えも収まった。ここはひとまず言うことを聞いて、さっさと終わらせるのが賢明だろう。うまく立ち回らないと、この後の予定が台無しになってしまう。そうだ、理央だって待たせているんだ。

「ふん。何があったか知らないけど、手っ取り早くね。こっちだって暇じゃないんだ」

そう言って潤は立ち上がると、大きく息を吸って大股で部屋の奥へと向かう。彼らの目的はわからないが、ヘタに動かなければ危害を加えるつもりはないように感じる。この訳のわからない状況の説明でもしてくれるのだろうか。まともな理由があるとも思えないけどね。だが少なくとも、こっちの老人とならまだ会話が成立しそうだ。

「あ、ああ。ありがとう」

老人は潤の潔さに戸惑いながらも、彼に続いて部屋に戻った。低いテーブルを囲むようにソファが並べられている。潤は老人たちの向かいに座るよう促された。

「すまないね。彼は大谷、私は菊池という。ちょっとした問題があって、少し話を聞いてほしい」

そう言うと菊池も腰を下ろした。同時に、先ほど大谷から取り上げた危険物を手に持ったままだと気づく。先にそれを机に置くと、大谷に話をするよう促した。

おいまさか、こいつが喋るのか。潤は眉をひそめる。大谷も同じことを思ったようで少し戸惑ったような表情を浮かべた。しかし、自分で話すべきだと感じたのだろう。深呼吸し意を決すると、彼はゆっくり語り始めた。

「ああ、あれは、五十年前の春のことだった――」

潤は長くなりそうだと直感で悟った。

十一、拳銃籠城事件　弐

拳銃の音を聞きつけた隆雪が現場に到着した。手前にある建物に身を寄せて片膝をつく。角地であることに加え、広々とした住宅街であるため、アパートの正面がよく見えた。どの部屋もここからならバッチリだ。

といっても、一階のドアに関しては手前にあるパンジーやらチューリップやらのもじゃもじゃにより、彼からは上三分の二ほどの部分しか見えなかった。だが、きっと許容範囲だろう。少しでもおかしな動きがあれば見逃さない。今のところ観察する限り、外には誰もいないように思われた。

「部屋の中で撃ったのかな」

一花が来ていないとなれば他の「何か」を撃ったことになる。待ち切れずに壁にでも家具にでも、試し打ちしただけならどれ程良いことか。

「裏口がないのなら、ずっとここで見張っているだけでいいんだろうけど……。後ろにも回ってみようか」

無いことが確認できればすぐに戻ってこよう。とにかく逃がしてしまうような事態は避けたい。隆雪はサッと一歩踏み出そうとしたが、

「いえ、裏に扉はありません。このまま見張りましょう」

と止められたことで足を引っ込めた。

「そう。ならいいや……、って、え!?」

ガバッと音がしそうな勢いで振り返ると、いつの間にか華夜が一緒になって隠れていた。すぐ後ろにちょこんとしゃがみ込んでいる。

「ねぇ、心臓止まるから。いきなり話しかけないで……。というか、あのさ、来るなって言ったよね?」

華夜は心苦しいと言わんばかりに胸に手を当て、うんうんうなずいた。

「わかっています。初めはただ隠れてみているだけにしようと思ったんです。しかし、間取りなどを教えるために私がいることを思い出したので」

全くもって悪気がなさそうな彼女は一周回って清々しい。

「あーなるほどねー。じゃあそれだけ教えてさっさと戻ってくれる？　巻き込んで怪我させたとなれば大変だよ」

「お任せください！」

華夜はカバンから紙とペンを探り出す。ペンは仕事で使ういつものペン。そして当然のように紙ナプキンを出した。隆雪はうっと顔をしかめる。

「まず、お部屋は全部で四×二の二階建て八部屋です。大谷の部屋はココ。一階の左端で、その隣は空き家、またその隣には共に訴えられているご老人が住んでいます。で、この一番右の部屋は、まぁ一花さんの旦那さんのコレクション室のような感じです。一花さん自身、アパートとして再開しようと蓋を開けるまで、ずっとその存在には気づかなかったようです。埃被ったこの部屋も開放しようと、数年前からちょくちょく片付けに訪れていたようですが、なにぶん私が見ても目眩《めまい》がするようなものの量で……。一人でやるとなるとあと数年はかかりますね。

まあ、それはともかく、二階は左から学生、学生、浪人生、会社員と並んでいて、学生の方も会社員の方も今は出かけているでしょう。三人の予定は聞きましたから。一階のこちらの老人も、今日は病院へ行くと聞いています。予約時間から考えても……、まだ帰っているとは考えられませんね。そしてこの浪人生の方は、ふふ、この方は問題外です。完全に昼夜逆転していて、この時間はどんな音でも起きません。ふふ、私ったらこの間——」

「ああ、その続きは後で聞くよ。ありがと。それで、間取りの方は？」

何がおかしいのか知らないが、長くなると刑事の勘がいう。先を話すよう促した。

もー、面白いのにー。華夜はムスッとしたが、気を取り直して続ける。ごちゃごちゃと印がつけられたアパート正面の図の隣に、今度は部屋の見取り図も書き足していく。

「どれも共通して1K、キッチンつきの長方形のお部屋です。裏口はなく、高い位置に光を取り込むための窓はありますが、あの老体でここから出るのは至難の業です」

「なるほど、じゃあまだ大谷は中にいるんだろうな。それで、撃たれた相手は誰かと考えると――。可能性があるとしたら、二階の浪人生か、あとは外からの訪問者かな」

「浪人生はないです。外からの不幸な訪問者の線が濃厚ですね」

「うんうんうんうんわかったわかった」

隆雪は小刻みに頭を縦に振りながらスマホを取り出した。生田警部に現状報告をする。華夜は未だに浪人生はあり得ないと茶々を入れてきたが、警部にまでは届かなかった。あやふやな推察は容易に伝えないに限る。

電話を切るとあたりはまた静かになった。なおさら時間の流れを遅く感じる。ああ、それにしても応援はまだか。早く突入したい。撃たれた被害者がいるとなると心配だ。

二人は建物の影から覗き込んだ。その絵はまるで張り込み中の探偵か諜報員か、はたまた捜査官か。片方は本物の刑事なのだから、やはりバディに見えるだろうか。うん、それがいいわ。

隆雪がじっと静かに一番左の扉を凝視する隣で、負けじと華夜も、同じように眉間に皺を寄せた。特に動きもない。このまま動かないでいてくれるといいのだけれど——。だがその時、男は不意に違和感を覚えた。

「ん？」

何か忘れていないか？

大谷に関して何か見逃していることでもあるのか。だから何かおかしく感じるのだろうか。いや違う。隆雪はハッと、ここにいてはならないものの存在を思い出した。あまりに馴染みすぎているためうっかりしていたが、

「——って、橘さん！　聞くことは聞けたからもう車に戻ってよ！」

めちゃくちゃ一般人じゃないか。何回言わせるんだ。

対する華夜は口を尖らせた。気づかれちゃったか。せっかく雰囲気を楽しんでいたというのに。

「はぁ、残念……」

　彼女はため息をつきながら、ゆっくりと、大層嫌そうに時間をかけて立ち上がった。そして、名残惜しそうにとぼとぼ車に向かって歩く。その間、彼女は隆雪に罪悪感を覚えさせようと何度も寂しそうに振り返ってみるが、だめだ。彼は首を横に振る。加えてしっしっと、犬でも追い払うかのように彼女に向かって手を払った。

　よし、もういいだろう。彼女に対して遠慮がなくなってきた彼は再び前を向いた。これでようやく本来あるべき張り込みが――。

「こういうのって車に乗ってやる方が自然でいいんじゃないんですか？」

「ヒッ……！」

　口を両手で押さえ声を飲み込む。耳元で突然声がするものだから、悲鳴をあげるところだった。今のやり取りは一体何だっていうんだ。彼女は何事もなかったかのように隆雪のすぐ後ろで膝に手を置きながらしゃがみ込んでいた。

　頭がくらくらする。隆雪は目をつぶった。大きくゆっくりと息を吐きだすと、今度はフッと短く吸い込み、

「君を！　こういうことから遠ざけるために車という選択肢を捨てたんだよ！　わかったら大人しく座っててくれるかな？　ね！　ほら、あの車で！」

ビシッと華夜の後方を指差す。だが彼女も引かない。

「でも、男女で談笑でもしているかのように見せれば、ここからこうやって覗くより自然です」

ビシッと隆雪に変えられない事実を突きつける。

「う……」

でも彼女が部外者なのも同じく変えられない事実だ。

返答に困る隆雪を見て、華夜は希望を感じる。もう少し押せば言いくるめられるかしら。

「ほら、ここまで連れてきたんですから、先程までの考えは払拭しましょう」

「……連れてきたこと自体本意じゃないけどね」

たしかに彼女の言うことは一理ある。車で座っている方がしゃがみ込むよりはよっぽど自然だし、男女となればなおさらだ。車をもう少しアパートの方へ近づけて見張ろうか。しかし、一般人をこんな体を張るような捜査に引き込むなんて、本当にいいのか。大事な局面だ、判断を間違えるな。

もうすでに片足を突っ込まれて手遅れのような気もするが、彼の線引きではまだセーフなのだ。一人でおとなしく車に残ってくれれば、きっとセーフなんだ。

左右の天秤に、それぞれメリットやリスクと書かれた重石がどんどん積み上げられていく。ゆらゆらと揺れ、どうするべきか決めかねていたところ、華夜の発した言葉によって決断は先送りにされた。

「あれ？　誰かドアの前で倒れてませんか？」

「え!?」

華夜が首を伸ばしながら小さく指差す。隆雪も一緒になって背筋を伸ばした。立ちはだかる高い花壇の先に目を向ける。

「——アッ、被弾者か!?　ウソでしょ、あんなところに……」彼はさらに目を凝らした。「男っぽいな……。浪人生かな？」

「浪人生はあり得ません！」

鼓膜が大きく揺れる。お願いだから耳元で叫ばないでくれ。彼は顔をしかめたが、すぐに仕切り直す。

「そこは今問題じゃない。これはー、すぐに駆け付けたいけど……、今は危険すぎる……。それにしても、大谷の部屋から右に二つ、あれは誰の部屋？」

華夜が勢いよく身を乗り出す。

「菊池さんのお宅です。もう一人の訴えられているご老人ですよ」

何故あんなところに倒れているのか。隆雪は考えを巡らせる。何故大谷の部屋の前ではないのか。しかも外に放置だ。隠すにしろ、逃げるにしろ、今のうちに何か行動を起こしてもおかしくはない。というかそっちの方が自然だ。

「もしかしてもう中にはいない？」

ここにいて見張っていること自体、もう無駄なことなのではないのかという不安に襲われた。だって、隠れているなんて不自然だろう。どうしよう。またどこかでミスを犯しただろうか。隆雪は焦りを感じる。

だが、いつの間にか双眼鏡を覗いていた華夜が、それを下ろしながら強く否定した。

「それはあり得ませんよ。だって広瀬さん、発砲音を聞いてから十数秒でここまで駆け付けたではありませんか。大谷に逃げる時間はありません。広々した住宅街ですし、そもそも彼はお爺さんですもの。俊敏な動きは無理です。それによく見てください。あの方、頭がこっちで足が扉の方に向くように倒れています。部屋の中から外に向かって撃たれたことは確かでしょう。顔の確認は出来ませんでしたが、見た目からして広瀬さんがいうように男性らしいですね。しかも若い。肺も動いているようですし、特に出血しているようには……。

ただ、不思議なのは菊池さんの部屋の前で倒れていることですよね？　菊池さんのお宅から発砲されたということになりますが、今まさに中で二人の間にトラブルがあり、外に出て逃げるまでに至っていないとは考えられないでしょうか。何にしても、大谷は拳銃をもってまだ中にいますよ！」

華夜は彼に「自信を持って！」と励ますように熱弁した。対する隆雪は、思わず口を開けたまま停止する。

「――広瀬さん？　どうされました？」

「ん、ああごめん。確かにそうだね」

ただの危なっかしくて利己的な子だと思っていたが、鋭いことも言うのだなと、隆雪は素直に感心した。しかし、それを言えばもっと調子に乗るだろうと思い、口には出さなかった。ああ見えて相当勉強しているのかもしれない。仕事の合間に事件ファイルでも読み込んでいるのだろうか。

「ありがと。じゃあこのまま応援が来るまで見てよう」

「はい！」

華夜は元気よく返事をした。

彼の言うように、彼女は何年もこれらの分野について勉強してきた。ただ、隆雪が思っているものとは少し違う。こういった知識や考え方はもっぱら、彼女一押しの刑事ドラマから得たものだ。オタク知識がここで役に立つとは、好きこそものの上手なれとはこのことなのかもしれない。

　華夜は再び一緒に刑事ごっこをする機会を得て、静かにその状況を楽しんでいた。隆雪が気づいて追い返そうとするまであとどのくらいここにいられるだろうか。チラッと彼の様子を確認すると、

「ん？　何か音がしない？」

　と聞いてくる。

「え？」

　たしかに、遠くから微かに音が聞こえる。彼はその正体を探ることに夢中だし、華夜に相談してくるほどだ。まだしばらくは怒られないだろう。

　正解はエンジン音だった。そうだと分かる頃には、車体そのものが姿を現していた。そして、彼らから数十メートル離れたところに停車する。それは一台ではなく数十台にも及び、二人はすぐに警部らが到着したのだと理解した。

「よし、付近の住民に避難するよう声をかけろ。慎重にな！　大谷に悟られてはならないぞ！　準備が整い次第、アパートを包囲し作戦に移行する」

　生田警部の声が聞こえる。刑事たちは四方八方に散らばった。警部は一人残され、

「ここならついさっき通り過ぎたのになあ」

渋滞を避けるために使ったアパート沿いの道に目を向け呟いた。

「ここにいて」

完全に彼女が部外者だという事実が頭からすっぽり抜けた隆雪は、彼女をその場に残して警部の元へ走った。警部も彼が来るのに気づいて体をこちらに向ける。

「おう、広瀬か」

「警部っ！　報告です。状況は依然あのまま、大谷が出てくる様子はありませんが、現場は大谷本人の部屋ではなく、右から二つ目の菊池さんという方の部屋だと思われます。その部屋の前に人が倒れているんです。まだ息はあるようですが、急がないと……」

「何だと――」

警部は瞬時に駆け足でアパートの方へ向かい、隆雪もあとに続く。手前の建物に身を寄せ目を向けた。

「大変だ。すぐに救助を――、いや待て。大谷はまだ中に潜んでいるのか？　撃った相手を外に放置したまま、中に隠れていると……？　おかしな状況だな」

「そうですよね……」

問題はそこだ。あんな人目のつくところに寝かせておく理由はなんだろうか。やはり何かそれ以上のトラブルが中で起こっているという華夜の推理通りなのかもしれない。他に可能性はないだろうか。隆雪は頭をひねる。

建物の陰に屈みこんで監視しているわけでもない限り、普通はすぐに気づくものだ。それでも拳銃を持って中に潜んでいるつもりならば、間抜けの度を超えている。認知症を患っているのか、そうでなければ——。

「もしかして、大谷は我々警察を待っているんじゃないでしょうか？　だってあんな目立つところに放置しているんです。通報してくれと言わんばかりではありませんか。目的があるのかもしれません。そうですね……、例えば大谷が拳銃で脅し、二人またはそれ以上中に捕えていたとしたらどうでしょうか。まずは一人に発砲し、大きな音と怪我人の存在によって警察を呼ばせます。そして、もう一人は人質として警察が来た時の交換条件に使うんです。何か要求があるということでしょう。菊池さんは出かける予定があったそうですが、あの部屋に大谷がいるということは、菊池さんもいると考えるのが妥当です。あとは……、やはり二階の浪人生をなんとか引っ張り出してきたなど有り得そうです。彼は昼間必ず部屋にいるそうですから」

どうでしょうか？　隆雪が顔を覗き込むと、初めは眉を寄せて考えていた警部も、間をあけて何度も大きくうなずく。

「ああ、確かにそれはあり得るな。そうでなければ説明がつかん。警察を利用した目的か……。罪人の釈放、政治的な要求か。大谷は大家に訴えられているというが、それが関係しているのか……？

よぉし、ひとまずこの可能性を皆に共有しよう。ドアの前の男は囮の可能性が非常に高い。が、それでも人命救助が最優先だ。早急に態勢を整え被弾者の救出にあたるぞ」

実際は部屋の前に人が倒れていることなど気づいてすらいない大谷たちなのだが、この特殊な状況から、警察は事実に近いようで遠い仮説を立てたのだった。

相手の狙いに目星がつけば、こちらがそれを超える万全な態勢を整えればいい。隆雪は突撃準備のために配られた防弾チョッキを受け取り、身につけた。

「あ、橘さんの分も……」

と、思わずもう一つ防弾チョッキを手に取りそうになったが、ここにきてようやく、彼女は防具が必要どころかここにいてはいけない存在だったことを思い出す。

「うわ、やっば！」

彼はビュンと風を切るように彼女のもとへ飛んでいった。どうしてすぐ忘れてしまうのだろう。未だアパートを見張る彼女の背中までたどり着くと、その肩を叩く。

「ねね、危ないから！　ほら、車にいて」

「うふふ、やっと気づきましたか」

　華夜はそのちょろい男を笑顔で迎えた。自分の管理責任だという考えもよぎったが、分かっていてわざとやっていたのかと、隆雪はピクッと多少苛つく。

「あのねぇ、別に俺が言わなくても自主的に戻ってくれて一向に構わないんだよ？」

　皮肉たっぷりのセリフを浴びせた。まもなく突入になるし、ここは非常に危険だ。第一こんなにも警察を舐めてもらっては困る。彼女にとっては遊びでも、こちらにとっては大事な仕事なのだ。そろそろ分かってくれるといいのだが。

　しかし、彼女は何も答えないままプイッとアパートの方に視線を戻し、

「それより、まだ動きはないようです」

　何もなかったかのようにセリフを吐いた。

　いやいや、続けるには無理があるだろう。隆雪は目を丸くする。今ので拗ねたのか。だが、これ以上文句を言っても事は進まない。隆雪は言いたいことを飲み込むと、なんとか冷静さを保ちながら、

「そう、ありがと。じゃあ行きなさい」

ビシッと車の方向を指差した。

周辺住民への対応も終了した。休日の昼間、この町の住民は大通りでの買い物がさぞかし好きらしい。それとも昼寝でもしているのか。とにかく留守の家が多く、誘導にさして時間はかからなかった。生田警部を先頭に、彼らは次の段階に移る。あの、「お前は完全に包囲されているっ！」という状況を作り出すのだ。まるでサプライズパーティーの準備のように、主役に気づかれないよう音をころして彼らは走り回る。弾丸が飛び出るタイプのクラッカーだって持ってきた。

しばらく経つと、ＰＯＬＩＣＥと書かれたお馴染みの盾、ライオットシールドに身を隠した隊員がアパートを広く囲み、その後ろを防弾チョッキを着た刑事たちが埋め尽くした。準備はバッチリだ。ネズミ一匹飛び出してこようと逃げられないだろう。

「ここまでは奴の予想通りかもしれんが、だからといって失敗する警察ではない！要求は何なのか、この後どうするつもりなのかは知らんが、何を仕掛けてこようと狼狽えるな。……よし、いいぞ、今だ！」

警部の合図で集団の中から二人飛び出し、花壇を越える。そして被弾者と思われる男の肩と足を持つと、慎重に担架に乗せ、門塀を通りさっさとシールド内に戻ってきた。これで不安分子が一つ取り除かれた。彼が再び囮に利用される心配はない。

「さあ、これでどうだ、大谷よ。次はどう出る？」

警部らは静かに見守った。

一方、運搬係を命じられた警官二人は、そのまま交渉や突入準備を整える集団の間をすり抜け、被弾者をエイヤッ、ホイサッ。息を合わせてやってきた。救急車を誘導させる予定の小さな広場まであと数メートルだ。しかし、その手前で運ばれていた男の目が突然パチリと開いた。

「うわっ！」

頭側を持っていた警察官が声を上げて驚くとともに、思わず手を滑らせる。地上八十センチからアスファルトにドンッ。

「う……」

まだ意識がはっきりしない男は眉間に皺をよせ渋い顔をする。だが、災難は終わらない。続けて足側の警察官も、

「うえ!?」

突然自分側の比重が大きくなったことでバランスを崩し、手を離してしまった。追

い討ちをかけるように足もドンッ。警官らは言葉を失い、顔を両手で覆った。

「……やっちゃった？」

すでに重症と思われる傷を負っているというのに、これでとどめを刺してしまっていたら……。しかし幸いなことに、ゆっくりとだが確実に、彼は夢の世界から帰ってきた。

男はむくりと起き上がる。まだ視界はボヤけ、目は虚《うつろ》、彼はその姿勢のまま停止した。その動きはまるで動く死体。額から滴り落ちる血液により、なおさら様になっていた。

「だ、大丈夫ですか？」

二人の警官がビクビクしながらもなお、心配そうに覗き込む。男はパチパチ瞬きをすると、ようやくピントが定まったようだった。

「は？　あ、大丈夫です。えっと……」

状況がよくわからずキョロキョロあたりを見回す。さっきまでカランとした道だったのに、今や何台もの車が路肩に停まっており、何十という人たちが忙しなく動き回っている。

どのくらい眠ってしまっていたのだろう。たしか、潤のことが心配で、恐怖しながらもドアの前まで様子を見に行ったのだ。慎重にドアを開けようとしたところまでは記憶している。でも、そこでぷっつり途絶えている。なんだかとても痛い思いをした気はするのだが、本当に何が起きたんだ？

「あの……、お名前言えますか？」

警察官の一人が恐る恐る問う。その声で、周りを見渡す理央の視線は彼らに戻った。

「菊池理央です、けど……」

彼は答えつつ、なんとなく事件でもあったのかと察した。色々聞きたいことがあるが、何から聞くべきか。

「ああ、この間の！　招き猫の店で事件に巻き込まれた方ですよね？」

彼はあの場でせっせと猫たちを運搬していた一人らしい。

「よく事件に巻き込まれる方だ。――ところで今日は何故あんなところに？」

「えっとー、ああそうそう。友人と一緒に祖父に会いにきたんですよ。ほら、事件に巻き込まれたもう一人の」

「ああ、あのハンサムボーイね。彼は今どこに？」

潤がそう呼ばれたことで、自分はどのように認識されているのか少し気になった。

理央はそんなことを考えながらさっきまでいた方向を指差す。

「すぐそこのアパートにいますよ、たぶん。俺も行こうと――」

「え！」「は!?」

彼は何の気なしに気軽に答えたが、相手はそうではなかった。二人の警官は理央の言葉を遮るように声を上げげ、目を見開く。理央は一瞬びくついた。怖い怖い、なになになに？

「それって、一階の右から二番目の？」

重要なことを確認する様に一人が声を落として聞く。

「そ、そうですけど。ねえ、一体――」

「おお！　中に人質！　広瀬さんの読み通りだ！」

「すぐに警部に報告しよう！」

質問を挟む隙がない。二人はわーわー叫びながら跳ね上がると、理央をそのままに走り出してしまった。

「ま、まって！　ちょっと説明！」

すると、片方が急ブレーキし、「あ、ああごめんね」と言いながら振り返る。

「あなたは頭を撃たれたんですよ。もうじき医者が来ますから。だから安静に！」

早口にそれだけを言うと、もう一人の警官を追うように走っていった。

一人残された理央はちょっと思っていた返答と違ったことで、口を閉じるのを忘れて唖然とする。

「――ん？　なんて？」

無意識に手で額に触れた。そっと触ったはずだったが、それに反してズキッと鋭い痛みが走る。

「う、イタッ……」

思わず顔をしかめた。一体全体どういうことなんだよ。さっきまでこんなことなかったというのに。それに、何やらヌルヌルとした感触もする。

まさか……。信じたくはないが、恐る恐る手のひらを見ると――、

「なんだこれ!?　ち、ち、ち、ち、血！」

指先にべったりとついた鮮やかな赤が目に飛び込んできた。撃たれた？　俺が？そんなまさか。しかし、実際に痛みを感じるし出血もしている。

「へ!?　このまま死ぬ？」

自分で発した言葉にハッとし、両手で頬を覆った。頭の中に食い込んだ銃弾を想像する。うう、それだけでも気持ちが悪くて目眩がする。

「どうしようどうしよう。撃たれただなんて――」

顔の前で手を合わせながらぶつぶつ呟いていると、

「いえ、これは銃による怪我ではありませんね」

「エッ!?」

何の前触れもなく、真横から女性の声がした。バッと振り向くと思いの外顔が近く、反射的に距離を空ける。相手の女は目を真ん丸にした理央を見てニッコリ笑った。それはそれは、とても見覚えのある顔である。

「わ！　華夜ちゃん！」

「こんにちは、売人さん」

どこで手に入れたのか、皆とお揃いの防弾チョッキを着た彼女はまさしく見た目だけでも満点の警察関係者だ。周りに人がいないタイミングを見計らってやってきた華夜は嬉しそうにしゃがみ込んだ。例の紙ナプキンで傷口を押さえ、血を拭き取りながら覗き込む。

「銃創は被弾時の距離によって四つに分類されます。接射創、準接射創、近射創、遠射創です。ドアの前にいたところを突然部屋の中から撃ったのだとすれば、接射創か準接射創がせいぜいですね。だって、相手がドアを開けなければあなたに当たりませんものね。もし、銃口が皮膚に押し付けられた状態で撃たれれば、また接触していなくとも充分に近ければ、皮膚が黒く焦げた挫滅創《ざめつそう》ができます。それが接射創と準接射創です。未燃焼火薬が皮膚へ貫入していることから起こります。でも、売人さんの頭にそれはみられません。もう少し離れた状態で撃たれた可能性もありますが、状況から近射創が限界でしょう。それに近射創だったとしても、未燃焼火薬が発射後放射状に広がるので射入口周囲に煤暈《ばいうん》と火薬輪が見られるはずですが、こちらもみられません。――つまり、銃で撃たれた可能性はゼロに等しいです！」

理央は言葉を失う。

「――華夜ちゃんって、もしかしてお医者様？」

「いえ、弁護士です」

理央は怪訝そうな顔をした。納得がいかない。どこでそんな詳細な法医学の知識を手に入れたというのか。――それはもちろん、検視官もののドラマである。

「まあいいや。安心したよ、ありがと」

オタク知識をひけらかし、彼女は満足そうな笑みを浮かべた。それにしても、理央には気になる点がもう一つある。

「ねぇさ、さっきから呼んでる売人さんってどういう――」

だが、言い終わらないうちに今度は隆雪がやってきた。

「理央！」
「あ、雪ちゃん」

隆雪はまず、隣にいる警察官らしき風貌の人に会釈をした。ここまで走ってきたのか、息が上がっている。可哀想なことに、頭の中は目の前の青年でいっぱいのようで重要なことに気づかない。華夜は調子に乗って敬礼した。

「聞いた時はまさかと思ったけど、なんでいるの！　頭大丈夫!?」

焦った様子でまくし立てる。まるで馬鹿だと責められているようで、理央はムカッときた。

「ただの偶然だよ。なんでそこまで言われなくっちゃいけないの？」

「え？」

思いもよらない返答に隆雪は大いに困惑した。こんなに心配しているのに……。しかし、すぐに誤解の原因に気づき、

「い、いやそうじゃなくて……。怪我は、大丈夫？」

しどろもどろ、自分の額を指差しながら言い直した。

「あ！　ああ、ごめん。大丈夫デス」

なんだ、そういう意味か。理央は恥ずかしそうに答え、隆雪はわかりやすく安堵の

顔を浮かべた。

「よかった。それで、中にいるのは潤くんなんだよね？」

「あ、うん！　そ――」

話題が切り替わり、理央は真剣な表情で答えようとしたが、

「潤ってもしかしてあの鏑木潤ですか⁉」

突然華夜が横から会話に飛び込んできたことで調子が狂った。

「え？　う、うん……、あ、華夜ちゃん？」

それ以上理央の言葉は彼女に届くことはなく、ここに潤がいると知った華夜は驚いたように口を開けたまま固まった。理央は咄嗟に、言ってはまずかったかと感じる。そうだ、彼女にとっては運命の相手なんだよな。理央は叶わぬ恋をしている彼女に少し同情した。これはなんとかごまかすべきか、それとももう手遅れか。

「か、華夜ちゃん……？」

恐る恐るもう一度名前を呼んだ。数秒停止したままだったが、その呼びかけに彼女はブルッと動き出す。

「ああ、まさか、まさか！　この数日間で彼の居場所だけでなく、私の目的までも調べあげたのですか⁉　それでわざわざここまで連れてきてくださったなんて！　その

情報網に行動力、きゃースゴイッ！　あなたはまさに情報屋の鏡だわ！」

彼女はありったけ好きなように叫びだす。加えて、突然両手を大きく広げると、ビクッと硬直する理央を感情の高ぶりに任せてキュッと抱きしめた。

「ありがとう！」

「へッ？　えええ？」

理央の顔が林檎のように赤くなる。そのまま彼女は彼を抱きしめ上げると、今度はポイッと捨てるように放し、

「でももう必要なくなってしまったと考えると心が痛いです。私のせいでこんな事件にまで巻き込んでしまって――」

とても申し訳なさそうにうつむきながら言った。

今のは一体……。解放された彼は熱くなった顔をパタパタ手で扇ぐ。何が何やらまったく理解できなかったが、とりあえず華夜の問題は解決したのだということだけ心に留めておくことにした。彼女は充分満足したらしい。よかったよかった。

「ああ、そういえば。雪ちゃん途中だったね――」

理央は隆雪の存在を思い出すと上を向いた。しかし、彼の様子を見て言葉を失う。明らかにさっきとは醸し出す空気が違っていた。拳は強く握りしめられ、肩がプルプ

ル震える。こんな彼は久しぶりに見た。

「あ、では私はこれで。お暇《いとま》します」

華夜もその状況を察すると、身の危険を感じてぴょんっと立ち上がった。防弾チョッキを着たまま回れ右をし、そそくさと逃げようとする。だが、流石は相手は現役警察官だ。素早い動きで彼女の首根っこを掴むと、「やだあー！」と騒ぐ華夜からそのおもちゃを取り上げた。拍手したくなるほど見事で華麗な動きではあったが、同時に見ていた理央にも幼少期の記憶を蘇らせたことで、彼はぶるっと身震いした。

十二、拳銃籠城事件　参

仏頂面で不満を分かり易く表情に出している潤は、大股を広げた堂々とした態度でクッションを一つ腹のあたりで持ち、体重をソファの背に預けながら黙って話を聞いていた。

濃いブラウンの革張りされたそのソファはそこらのソファとまず重厚感が違う。なんと言っても反発がいい。きっと本革なのだろう。見上げればシャンデリア風のお洒落なライトがぶら下がり、足元には大きなシルク絨毯が敷かれている。ベッドは見当たらないが、もしかしたらソファがベッドの役割も担っているのかもしれない。

まるで小さな箱の中に豪邸の一部を切り取ってきたようだ。もう少し光源を絞り薄暗くしたり、テーブルに真っ赤なワインを並べたり、あと少し手を加えるだけで、簡単に雰囲気の良い大人の空間を作り出すことができるだろう。少なくとも、今目の前に並べられている麦茶や煎餅は太陽が西から昇ろうと調和させることはできないと思う。

　遠慮をしないと決めた彼は麦茶を出されるとすぐに飲み干し、おかわりを要求した。菊池に取りに行かせる。たった今部屋の外で一体何が行われているのか、彼らは知る由もない。

「――で？」

　大谷が一通り話を終えると、潤は端的に一文字だけ発した。話の大半はこの老人の人生観と経験した数々の恋愛についてだった。詰まるところ、大家のご婦人が愛しくて仕方がないらしい。まさに今まで出会えなかったことが惜しいほどの「運命の人」だと。彼女には中々想いを伝えられないし、菊池は邪魔だしと、ストレスが溜まったことで西側のビル街で浴びるほど飲んで、その帰り、ＦＩＶで死んだ飼い猫に似た招き猫が外に置かれた真っ赤な扉の店に入ると、何故だか拳銃を勧められ、酔った勢いで買ってしまったそうだ。

　要約するとこんなに短いのに、だらだらだらだらと、同じことを何度も繰り返すものだからとても長く感じた。それに、大半の情報は必要なかったのでは？

「だから私もテンパっちゃったんだ。あの弁護士の小娘は勘が鋭いし、処理しようと思ったら菊池にバレるし。君を撃つつもりは微塵もなかった。そもそもこんなもの、本当は買うつもりすらなかった。だから捨てようと思ったんだ」

　大谷は机に置かれた拳銃をパシパシ叩きながら弁解する。潤はサッと足を引っ込めた。暴発したらどうするつもりなんだ。

「もうそれはわかりましたよ……。店の人、どうせまた寝てたんでしょ？　僕たちの時もそうだったから」

「ああ。よくわからんが、どっちから来たんだって聞くから、居酒屋の方を指したんだ。それで、気づいたら新商品だって紹介し始めて――」

「はいはいはいはいはい。だからもうわかったって。裏口を指差したと勘違いされたんでしょうね？」

　特定のルートで入店した場合のみ裏メニューを勧める。せっかくの洒落たシステムが台無しじゃないか。それに、売る相手ももう少し選んでほしいものだ。そのせいで僕は死ぬほど面倒な事に巻き込まれている。はあ、無責任なんだから。

「――だからそれで？　僕にどうしろって言うんですか。わざとじゃなかったから許して欲しいって？」

　簡単に許す気は毛ほどもなかったが、一応問いかけた。それに対して大谷は、

「まさか！　そんな厚かましいことは言わない。目的を達成出来れば、拳銃なんて

さっさと警察に渡しに行く」

と真剣な面持ちで答えた。

彼の言う目的とは一体何か。今までの話の流れから判断するに、その運命の人とやらと交際することだろう。国語はどうも苦手だが、回りくどくもこれだけ話を聞いていれば、彼の次の行動ぐらい察しが付く。

「つまり、その想い人の……、ええっと、堂林チハルさん？　も拳銃で脅すということですね？　でも、そんなんで付き合えたとして何が嬉しいんですか」

潤は肩をすくめてため息をつく。しかし、どうやらこの回答は不正解のようだった。

大谷が突然カッと目を見開き、

「そんなわけないダロッ!!」

と怒鳴った。突然のことに潤は驚き、膝に乗せたクッションを思わず抱きしめる。

「彼女にこんなものを向けるなんて、絶対にありえない！　そもそも拳銃は捨てようとしていたんだ！　第一、千桜《ちはる》ではない、一花さんだ。一花さんには千桜と近いものを感じると言ったんだよ。何より彼女の方が年が近いしな。それに、千桜とは死別していると言っただろう……。話を聞いていなかったのか？」

最近の若者はこれだから……。ため息をつきながらぶつぶつ文句を言われ、プチッと来た潤は反射的に立ち上がった。

「聞いてたさ！　目の前で静かにずっと聞いてただろ？　お前こそ目が節穴かよ。もう話がどれもこれもややこしくて訳がわからない。千桜だの一花だの八重だの、もう誰だよ知らん！　興味ない話をここまで聞いてやったんだから、それだけでも満足しろよ！」

言いたいことをまくし立てると、ドカッと座る。さらに、何か思い出したかのような顔をすると、グッと大谷に向かって体を前に乗り出した。

「さっきまた、『拳銃は捨てようと思った』って言ったな？　じゃあもっとまともな場所は思いつかなかったのか？　わざわざ留守中のライバルの家に忍び込んだりなんかして。成功していたらさぞかし嬉しかっただろうねぇ？　彼が忘れ物なんてしていなければ、あーあー本当に惜しかった！　ライバルは消せるし、罪も押し付けられたかもしれないのに！　――はは、ほんと笑えるよ」

鼻を鳴らすと、どうでもよさそうにまたソファに体を預けた。自分勝手すぎて全く笑えない。全て仕方がなかったかのように語っているが、店主に勧められた拳銃を、わざわざ金を出して買ったのは大谷自身ではないか。同情の余地もない。

「うっ……」

まさに、獅子の歯嚙みを目の当たりにしたようだった。その内容にも、大谷は返す言葉がない。

相手の威勢がなくなり、潤はそろそろこのやりとりにもいい加減飽きてきた。今度は菊池の方を向く。

「それにしても、菊池さんは非常に寛大だ。さっさと警察に突きつければいいのに、何でそうしないんですか」

彼からしてもライバルは消したいはずだ。同じ状況で、これが一花ではなく理央だったら、潤は迷わず相手を警察に差し出しただろう。そうでなくても、仲がいいわけでもない相手をかばう理由はない。

しかし菊池は、

「こんな勝ち方をしても嬉しくないからだ。私は正々堂々とやりたい。一花さんに二人の中から選んでもらえるからこそ価値があるんだよ」

と、考え方が大谷とも潤とも違うようだった。

潤は肩をすくめる。小狡《こずる》い大谷の心の広さは、菊池の大海原のような寛大な心と比べてしまえばお猪口《ちょこ》の裏だ。これだけでも大谷はすでに菊池に敗北しているように思う。だが、忘れてはならないのは菊池だってお騒がせ爺さんの一人だったことだ。一花がどちらも選ぶとは思えない。

「そうですか。でもそのせいで僕は腕を引っ摑まれて、腰を強打させられて、拳銃で死にかけて、加えて長々とここに拘束されているんですね。中途半端に優しさを見せてないで、最後まで大谷がすることに責任をもってくださいよ。まずは彼のメンタルケアでもされたらどうですか？　動揺の末こんな風に関係ない人を巻き込んだりしないように」

野良猫に一度餌を与えたら最後まで面倒を見なくっちゃならない。中途半端な優しさと書いて無責任と読むんだ。彼は動物倫理の授業で言われたことを思い出す。初めてそれを実感できた気がする。

「ああ、それについては本当にすまない……」

菊池はうつむき、大谷もバツが悪そうに横を向いた。部屋の中がとても静かになる。お互い、これ以上言うことはないのではないだろうか。それならば、

「誤解が解けたのなら、僕がここにいる必要はもうありませんよね？　わざとじゃないって、それが言いたかったならもう充分伝わりましたよ」

ソファの反発を利用し、彼はひょいっと立ち上がった。そして、ドアに向かって大股で歩き出す。こんなところにもう用はない。

振り返ることなく進む潤を、大谷と菊池が慌てて引き止めた。大谷が声をあげる。

「ちょ、ちょっと待ってくれ！　だからその、つまりだ。一花さんに想いを伝えるまで、今君の身に起きたことは黙っていて欲しい。無事完了すれば、私も自首をするし、君も私を訴えてくれて構わない」

「……」

今までの会話の中で一番かもしれない。とても簡潔かつわかりやすい説明だった。初めからそう言ってくれれば、どれだけ早く終わっていたことか。

それにしても、彼らの想いはとっくに伝わっているんじゃないかと思う。あれだけ昼夜問わずに騒ぎまくっていたのだ。裁判を起こされた、それが彼女からの返事ではないのだろうか。

何も答えず、ただ見つめ返す潤に大谷は困惑する。

「その、だからもう暫くだけ……」

「――それが人にものを頼む態度ですか？　あなたはまだ僕を殺しかけたこと、謝ってもいないのに」

大谷はハッとし顔を曇らせ、間髪入れず崩れるように土下座した。

「申し訳なかったあ!!　どうか、どうかお願いします！」

あまりの勢いに、潤は「うわ……」と思わずこぼし、眉をひそめた。土下座をされても、別に気分が晴れるわけではない。むしろ、後味が悪いだけだと感じる。許したいという気持ちには全くなれなかったが、これ以上は時間の無駄にしかならないだろう。面倒ごとはもうごめんだ。彼らは気づいていないようだが、この人たちに振り回されたのは別に今日だけではないのだ。しかし、もうどうでも良い。

「ええ、わかりました」

潤はあっさり了承した。大谷は意外そうに、地から見上げる。

「いいのか……？」

「別に許す必要はないのでしょう？　早く終わらせてくださいね」

彼は淡白に答え、

「ああ……、ありがとう」

大谷はゆっくり立ち上がった。

潤は再びドアの方へ向かう。彼らとはこの先一生関わることはないだろう。少なくとも一人は、しばらくすれば逮捕されるのだから。それにしても、発砲音が鳴り響いたというのに誰一人通報してくれないとはみんな冷たいもんだ。今頃警察が来たっておかしくないのに。もしかしたら、もうすぐ来るのかもしれないが。

潤は座って靴を履きながら考える。その場合、菊池の方は犯人擁護など、罪に問われてしまうのだろうか。確かにむかつくが、それだけは気の毒に思う。

彼はドアノブをひねる。そして、そのまま押し開けようとしたちょうどその時、

「大谷ぃいいいい!!　お前は完全に包囲されているううう!!」

定番の台詞を吐く生田警部の声が聞こえてきた。潤はびっくりして思わず手を離す。

「ナニ!?　警察?」

大谷は狼狽え、

「あぁ、もう終わりだ……」

と頭を抱えた。潤を説得してまで時間を稼ごうとしたのに、目的はもう果たせそうにない。

「いい加減来るなら来いっ!　お前のやろうとしていることは分かってるんだぞ!!」

尚も叫び続ける生田警部の声が部屋の中で反響する。彼らがこの奇妙な状況の何を分かっているのか、潤にはよくわからなかったが、これで一花をめぐったバトルに終止符が打たれた。大谷は戦線離落し、菊池の告白が成功する確率が数パーセントだけ上がったか。

「これ、どんな顔して出ればいいの?」

潤は大きくため息をつく。

「ああ、面倒くさいよぉ。警察は僕が中にいること把握してるのかな？　落ち着いても仲間だと思われかねないし、多少焦った感じで人質感を出した方がいい？」

演技は苦手なんだ。困ったな。

しかしこの時、さっきの警部の台詞に違和感を覚えた。ここが菊池の部屋であるにもかかわらず、彼は大谷の名だけを呼んでいた。大谷が色々とやらかしている張本人だということはちゃんとわかっているらしい。

そうだ。どうせ芝居を打たなくちゃならないのなら都合の良い芝居にしよう。それに、悪戯心もくすぐられた。

「ふふ、イイコト思いついちゃった」

潤はパッと大谷の方を振り返った。彼の目を真っ直ぐに見つめる。

「──ねぇ大谷さん。ここまで罪を重ねちゃったんですから、もう少しだけかぶっても変わらないですよね？」

「え？」

言ってる意味もわからなければ、先ほどまで終始無愛想だった男がウキウキした様子で、大谷は困惑した。嫌な予感しかしない。潤は続ける。

「散々周りを巻き込んだんですから、やはり意地でも目的を達成するべきだと思うんです。あと、菊池さんが何か罪に問われちゃうのもちょっとね」

「それはどういう……」

「目的はあなたの言うあの目的ですよ。お分かりでしょう？　せっかくのチャンスです。僕協力しますから、任せてください」

ニンマリ笑うとドアノブに力を込めた。大谷は「ま、待って……」と詳細な説明を欲したが、潤は無視する。ただ彼らに向けて手をひらひら振り、

「じゃあ僕はもう行きますね！　このあと、菊池さんのお孫さんとデートなので！」

勢いよく開け放った。二人は訳がわからないまま潤の背中を見送る。一体何をするつもりなんだ。残されたうちの片方は、これから起こることを想像して身震いする。すでに警察に囲まれているという事実が緊張を限界まで高まらせているというのに。

一方、もう一人の老人は別の理由で固まっていた。彼は孫の中で唯一の女性を思い浮かべると、

「まさか不倫か……!?」

とたじろぎ、よろめいた。

潤が一歩外に踏み出すと、すぐ後ろで扉が音を立てて閉まった。何十もの瞳が彼に

集中する。花壇の向こうにびっしり敷き詰められている透明な盾は、まるで結界のようだ。

「人質を解放してもらおうか！　要求はなん……！　んんん!?」

先頭の男が拡声器を口元に当てたまま固まる。潤はその人に見覚えがあった。いつぞや現場を指揮していた男だ。生田警部とかいったっけ。その場の全員が息をのみ、警戒心で溢れかえった空気感がその場に漂う。

潤はチラッと他の人の顔も確認したが、やはり大役に適しているのは一番権力を持っていて、また、騒がしそうな人だろう。

「よし、じゃああの人に」

狙いを定めると、潤は「警部さーん！」と叫びながら生田警部の元へダダダダと走り始めた。

「うわ、なんだなんだなんだ！」

彼が近づいてくるほど、警部は目を丸くしていき、その姿を見た潤は笑いを堪える。

そして、身構える警部を両腕でがっしり掴むと、息を大きく吸った。

「な、中にまだ、人質がいます！　お願いです！　助けてあげてください！」

渾身の演技力を絞り出して叫ぶ。僕は本番に強いのかもしれない。

「ハッ！　君は鏑木潤か!?」

警部がその名を口にすると、あたりが騒がしくなる。

「――それで、なんで君だけ……」

警部の問いに対し、潤ははっきりと口にした。

「要求を伝えに！　大谷の要求は堂林一花です！　彼女を呼んでください！」

あとは簡単だった。皆が口々に騒ぎ出す。「予想通りだ！　やはり要求があったんだ！」「このために人一人犠牲に……！」「誰なんだ堂林一花は！　早急に調べろ！」「売人が聞いたというイチカのことかもしれない」「一体何をするつもりなんだ！」「彼女とコンタクトを取れ！」。わーわー言いながら彼らは次の作戦準備に取り掛かった。この一部始終は、部屋の中の二人にも聞こえたことだろう。

混乱に乗じて、潤はスルスルと彼らの間をすり抜けて行くと、さっさとその場から逃げる。

「よかった！　うまくいった！」

菊池は無罪で理央に迷惑はかからないし、大谷も牢屋生活の前に彼女と会える。僕はさっさとデートに行ける。一石三鳥とはこのことだな。

「はは、あとは何とかがんばれよ、爺さんたち」

アパート前を囲む武装した人の群れから充分離れると、潤は理央を探して走り始めた。

場面は現場の外れの方に移る。

「ふーん。銃で撃たれたって聞いたけど、これは単なる打撲に切り傷だね」

救急車の後部ドアを開けたまま、白衣を着た紳士と理央が向き合い、ちょっこりと座っていた。

「――斬滅創《ざんめつそう》がないから？」

理央は先程手に入れた法医学の知識を使ってみる。

「お、君詳しいね。ザンじゃなくてザだけど。挫滅創ね。まあ、こんなところを撃たれてたら出血はこんなもんじゃないし、生きてるやつなんて稀だから、そんなこと確認するまでもないよ。ドアにでもぶつかったの？」

医者はぴっと消毒し、ぺっと絆創膏をはる。理央はその荒々しい手技にギュッと目をつぶった。

「はい終わり。診察料はいらんよ」

「あ、ありがとうございます……」

おでこを押さえながら、彼はそのままストンと救急車から降りた。華夜のせいで隆雪から話を聞くことはできなかったが、ふらふら歩き回るうちに段々と状況がわかってきた。

といっても、すれ違う人皆に「被弾者が何故こんなところに！」と騒がれ大した話は聞けず、最後には無理矢理医者のところへ連れてこられたのだが、意外にもこの医者が詳しく知っており、色々と教えてくれたのだった。

詰まるところ、大谷という拳銃をもった凶悪犯が祖父の部屋に立てこもり、人質をとって一発ぶっ放したらしい。そして、他の人の話から考えるに、その人質というのが潤らしい。

知らないうちに凄いことになっていたものだ。あまり実感が湧かないが、刑事たちのピリピリとした雰囲気から結構ヤバイのだろう。潤は今どんな状況にあるのか。理央はそわそわしながらその場に留まっていると、

「ん……？」

遠くから微かだが、なんだか自分の名を呼ぶ声が聞こえた気がした。気のせいか？しかし、ダダダダという足音が徐々に、だが確実に自分に向かってきている。何気な

く音がする方を振り返ると、

「うわ！　って、えぇ!?」

「ただいまっ！」

すぐ目の前まで潤が来ていた。むしろ飛びかかる直前だった。潤は嬉しそうに理央に飛びつき、

「会いたかったよー」

と言いながらギュッと抱きしめる。あまりの圧力に理央は、

「うっ……」

とくぐもった声を出した。やれやれ、今日はよく人に抱きつかれる日だ。ハグされたまま理央は数秒間耐えたが、中々終わらないし息が苦しい。ついに「ギブギブ」と、彼の腰のあたりをポンポン叩き、やっと解放された。

「はは、ごめんごめん」

充分堪能できたようで、潤はとても嬉しそうだ。続けて、溜まっていた不満をたらたらと垂れ流し始める。

「あぁー疲れた！　あの爺さん説明が下手でだらだら長いんだもん。同じような話を何度も何度も、同じところをぐるぐるとさ。簡潔に必要なことだけ掻い摘んで話せな

いものかな？　この文を三百字でまとめなさいって、学校でやったことないのって聞きたくなったよ。それにしても、ずっと態度は上からだし、拳銃をペシペシしたら危ないってわかんないかなぁ。一度暴発させたくせに学習能力と危機感がないんだから。

ああいう人はたとえ年上でも、敬えっていうのは無理なお願いだね」

ペラペラとまくし立てる。理央には聞きたいことが山ほどあり口を開いたが、潤はその勢いのまま、

「あ！　前髪あげてるのもかわいいね、でも今は――」彼は理央の髪をわしゃわしゃと撫でつけて、「こっちの方がいいかな。こんなの付いてたっけ？」と整えた。上がってた前髪がふわっと下り、絆創膏が隠れる。いつもの彼の髪型に戻った。

「それでね、――あ、今なんか言おうとした？」

短い間でも二人で色々してきたつもりだが、こんな調子の潤は初めて見た。歯車の噛み合いがズレてしまったように、興奮のあまり言っていることが支離滅裂だ。理央は圧倒される。

「え、なんというか……。随分テンション高いな」

「まあね！」

人質帰りとは思えない笑顔だ。何故こんなにも楽しそうなのか。中で一体何があっ

たのか。理央は頭をひねった。

そんな調子で潤がぺちゃくちゃ喋っていると、

「今度はやり甲斐がある子だろうか……」

白衣の男が救急車から顔を覗かせた。

「君はどこか痛いところはないのかね？　私が診るよ」

彼は期待に胸を膨らます。切り傷か刺し傷か、はたまた骨折か。いや、今回は拳銃があるのだ。もしかしたら今度こそ銃創だったりして。ふふふ、興奮する。

だが残念だ。彼の思いに反し、

「いえ、僕は大丈夫です」

あまりにも簡潔な答えが返ってきた。現場にいるからには何かしら怪我でもしているると思ったのに。

「ふぅーん」

彼はつまらなそうに救急車の中へ消える。しかしまあ、犯人もまだ出てきていないことだし。次に期待することにした。長丁場になりそうだ。彼は膝に乗せたＡＥＤに頬杖をつくと、アパートの方をぼんやりと眺めた。

彼らがいる通りまで、建物の向こうから生田警部が犯人に語りかける声がよく聞こえる。堂林一花に会いたい目的を会話の中から探ろうとしているのだ。どうやら警察は「訴訟の取り消し」を望んでいるのだとみているようだ。潤はふふっと笑う。それもそれでくだらない理由だが、真実を知ったらどんな顔をするだろうか。呆れるかもしれないし、そもそも信じないかもしれない。

しばらくすると、菊池が人質で、大谷が凶悪犯役をした猿芝居が聞こえてきた。こうなったらヤケクソだろう。さてさて、彼らは愛しの一花さんが来るまで粘れるだろうか。

「じゃあ行こっか。ここはもう飽きたし、デートの続きをしよ。駅前のレストランに夕方行くなら、あのあたりで買い物とかがいいかな？」

彼らの結末より理央とのデートを選択した潤が言う。あとのことはどうだっていいし、どうせ二人とも彼女に振られる。

「ああ、レストランね。もうどこでもいいけど。――あの、でもさ、これ勝手に行っちゃっていいのかな？」

「ん？　なんで？」

当然のように潤は現場から立ち去ろうとする。しかしそれはいかがなものか。理央は不安に感じる。

「だって、事情聴取とかないのかなーって。潤は終わったの？」

後から怒られるのは嫌だ。前回だって簡単な話は聞かれたし、少なくとも誰かに声をかけた方がいいのではないだろうか。

「へへ、大丈夫だよ。元々僕ら関係ないじゃん。待ってたら日が暮れちゃうよ」

「え、でもー……」

自分はともかく潤はどうなんだ。犯人と接触しているし、今の時点で中の情報を一番よく知っているのは彼だろう。警察としても彼の話を聞きたいのではないか。

しかし、そう考えるとおかしな点もある。そもそもそれは彼が出てきた時点ですぐに行われるべきだ。今現在進行形で、何が目的なんだって警部が畳みかける声が聞こえる。潤は明らかに無傷でピンピンしているし、医者に診てもらうまでもない。

では一体なぜ？

「うーん……」

理央はひとしきり考えたが、特にそれらしい答えは見つからなかった。まあ、きっと必要なくなったのだろう。

「――それもそうだね」

理央はそれ以上考えることは諦めた。対する潤は、理央が賛同してくれたことで表情を明るくする。

「そうだ！　ご飯の前に映画でも見る？」

潤が手をたたくと、

「あ、いいね！　丁度見たいのがあるんだ」

理央は嬉しそうに、気になっている映画について話し始めた。最近話題のやつだ。

一人で見に行く必要はなくなった。頭の中はもう次の楽しいことで一杯になる。二人は事件現場をそのままに、駅前の大通りを目指して出発した。

あたりはシンと静かになった。しかしそこへ、少し遅れて息を切らした刑事がやって来た。その場に立ち止まると、隆雪は周りをくるくる見渡す。はたから見ても、彼が焦っていることが伝わってくる。

先程の騒ぎでいつの間にかいなくなった男はどこだろうか。彼から何か、この停滞した現場を打破できるような情報を聞けるかもしれない。

しかし、どうやらここにもいない。まさか帰ったか。隆雪は特大のため息を漏らした。頭が痛い。どうやら一足遅かったようだ。肩を落とし、警部らの方へ戻ろうとすると、

「おや、君も怪我人かい？」

「え？」

突然後ろの方から声がした。パッと振り向くが、――誰もいない。声が聞こえた気がしたのだが。疲労のあまり幻聴まで聞こえ始めたのかもしれない。隆雪は車においてきた缶コーヒーでカフェインを摂取してくるべきかと考える。しかし、

「こっちだよこっち」

再び声がした。気のせいではないらしい。一体どこから……。そこには誰もいないように思われたが、よく目を凝らしてみると一人いた。開け放たれた白い扉の向こうから、こちらにひょいと顔を覗かせている。

「痛いところはないかね？　僕が診るよ」

まるで妖精の様に語りかけてきた声の正体は、小綺麗な中年の男だった。隆雪にとってそれは少し予想外で、

「あ、いえ……。大丈夫です……」

とたじたじに答える。頼めば疲れを吹き飛ばすような魔法の薬でももらえるか。何だかそんな気もしたが、

「ふぅーん」

男はその返答を聞いて、つまらなそうに扉の陰へ消えた。隆雪は唖然とし、立ち尽

くす。訳が分からないが、気にしている暇もないだろう。首をひねりながらも、再びアパートの方へ向かい走り出した。

再びその場所は静けさを取り戻す。

「――はぁ……」

しばらくすると、一人取り残された男の深いため息が聞こえてきた。やることがなく、ラジオのように警察らの説得を聞いている。いつまでもこんな調子では、犯人逮捕までまだまだ時間がかかりそうだ。

「さてさて、いつになればやりがいのある患者が来てくれるかな」

彼はAEDに頬杖をつき、その時を静かに待ったのだった。

大混乱を背に遊びに行った二人も、警察も犯人らも、この医者にも、それぞれの望みがうまく叶うことを願おう。あと少しの辛抱なのだから。

十三、一輪のナミダ

人は一度思い込むと、その瞳には自身が無意識に創造した世界しか映りこまなくなるのかもしれない。誰しも経験から常識を得て、それが先入観を産む。加えて、その人が抱く願望というのも要因の一つか。一歩誤って踏み込めば、勘違いの連鎖から抜け出すことは困難だろう。

あの日、事件は無事解決した。見たかった映画も見られ、菊池理央にやり残したことはなかった。しかし鏑木潤にはあった。

時は日が沈み暗くなった帰り道、

「――一人で大丈夫」

この言葉だけは言わせないよう、潤は細心の注意を払った。

「なんだか怖いねぇ。でも二人だと心強いよ」

恐怖の刷り込みがわざとらしくなりすぎない具合に調節しながら、彼はあえて暗い小道を選んだ。極めつけは「家の前まで送るよ」だ。これが一番重要である。

彼の努力も実を結び、理央はあたりをひどく気にする様子を見せながら、潤にぴったりくっつき足を速めていた。そして、答え合わせの時がやって来る。あのデート計画を一生懸命練っていた時、求めた答えは目の前にあったのか。灯台下暗し。いや、少し違うか。今回に限り、目を向けるべきは下ではなく真上だった。

アパートに到着したことで、のんきにひらひら手を振りながら階段を上る理央を、潤は遅れて追いかけた。息を切らしながら、大ぶりの仕草で下階を指差す。歓喜の声を上げ興奮する潤に、初め理央は目を丸くしたものの、

「うそでしょ!?　アハハ、すごい偶然！」

彼はすぐに腹を抱えて笑いだした。理央は友人が同じアパートに住んでいると知ったことでそれを心強く感じ、潤は彼と恋人になれる未来がそう遠くないのではと期待で胸を膨らませた。これからは策がなくとも、気軽に会いに行けることだろう。

長くなったが、これでめでたしめでたし――。いや、まだ物語は終わらない。

籠城事件から数週間、いくら経ってもやっぱり変わらない。又田日町の東に位置する古びた小さなアパートは、幸か不幸か、未だ継続して四部屋中二部屋が空き家だ。騒いでも怒られる相手がいないというのは良いと言えるかもしれないが、もう一人の

住民のタガが外れやすくなると考えると少し怖いものだ。

潤は当然のように彼の部屋に入り浸る。加えて、部屋から獅子丸も連れてくる。これについて理央はどう思っているのか。正直に言えば、大して気にしていない。というより、一緒にいて結構楽しいと思う。時折相手が一線を越えようと試みることもあるが、そんな時にはやんわり拒否し、理央にとって適度な距離を保っていた。毬子も初めはそわそわとした様子だったが、今はずいぶんと慣れたように見える。潤に撫でられてもゴロゴロと喉を鳴らすようになっていた。

「ねぇ、知ってる?」

「ん?」

理央はスマホに目を落としながら潤に語りかける。

「あのあとさ、なんかよくわからないけど、告白大会みたいなのがあったんだって」

理央はゴシップネタでも見つけてきたようにウキウキとした声色で言う。しかし、

「へぇー」

潤は表情も変えずに自身の爪を眺める。心底どうでもよさそうだ。

今日は日曜日。朝から居座る彼は唯一のソファを大胆に占領する。それでも長さが足りず、彼は狭そうに膝を立てなければならなかった。

「そんなことより、このソファ硬いよ。寝心地最悪」

　ぶーぶーと文句を付け加える。

　その端で、膝をくっつけて座る羽目になっている理央は不満そうに顔を上げた。

「そんなことより？　事件現場で告白大会だよ、気にならない？　思いっきり当事者だろ。あ、もしかして知ってた？」

「あーうん、まぁね」

　あれは最悪だったというように潤は目を細めた。愚痴はもう散々吐き出したし、今はあまり思い出したくないものだ。

「なんだ、つまんないの」

　理央はその言葉の通り、退屈そうにスマホに視線を戻す。興味がないなら仕方がない。そう思いながらも、やはり反応がないのは残念だ。

「――せっかく華夜ちゃんから面白いこと聞いたって思ったのに」

　心にしまって置いてもよかったであろう言葉が、ぽろっとこぼれる。

「……え？」

　潤は動きを止めた。頭だけを持ち上げ、理央を見る。続けて、慌てたように体を起こすと、その手に持たれたスマホを覗きこんだ。窓際で日光浴をしていた二匹の猫が異変を察し、こちらの様子をうかがう。

「もしかして、連絡先……」

潤が何とか言葉を絞り出す傍ら、何にも気づいていない理央は、「うん？　ああ、そうだよ。なんか雪ちゃん経由で――」などと平然と華夜への返事を打ち続けていたが、

「えええええ、あの子と付き合ってるとか言わないよね⁇」

接近しながら急激に声のボリュームを上げる彼に、流石に顔を上げた。潤とパッチリ目を合わせる。

「う、ううん」

理央は小刻みに首を横に振る。これこそさっきまで求めていた何かしらの反応ではあったのだが、それにしても怖い怖い近いよ。

タジタジながらも、理央から事を否定する意思を受け取った潤は「よかったあ！」と大きく胸を撫で下ろした。

「じゃあ僕と――」ちゃっかり抱きつこうとしてくる彼を、

「いや付き合わないよ⁉」

理央は嫌そうに追い返した。そのままチューでもしてきそうな勢いだ。実際潤はそ

れを狙っていたのだが、無情にも阻まれたことで目をうるうる潤わせる。

「そ、それよりさ、捕まってたとき恋バナ聞いたんでしょ？　どんなだった？」

話そらそっと――。そう思った理央はソファから離れるように立ち上がり、キッチンへと向かう。潤がプリンを手土産に持ってきてくれたのだ。

彼が二つのプリンのためだけに数十分ほど冷気をふかしていた冷蔵庫からそれを取り出すと、潤も手を貸そうとキッチンの方へやって来た。冷蔵庫は再び寂しく空となり、無駄にヒンヤリし続けなければならないその仕打ちを恨む。そんな彼をよそに、理央と潤は会話を続ける。

「あんなものを恋バナだなんて、かわいい言葉で括れるかどうか。まあ大谷の話しか聞いてないよ」

「どんな？」

「うーん――」

二人はその透明なガラスの器に注がれた、少しお高めのプリンを手に取った。もう一方の手にはスプーンを持ち、準備万端。ソファに再び腰を下ろす。

「よく覚えていないけど、一花さんにはナントカさんと近いものを感じたからだーとか、言ってたね」

「ほぉ、昔の恋人かな?」

「うーん、恋人ではないみたいだったけど、よくわからない」

数週間も経過した。もはやぼんやりと一部の内容しか覚えていない。

「そっか。じゃあなおさらどんな話で口説いたのか気になるなぁ。華夜ちゃんの送ってきた説明にはあまり詳しく書いてないんだよね。下まで見ても——、ええっと、『やっぱり浪人生は最後まで出てこなかったわ』って、意味わかんないよ……。おじいちゃんもどんな話をしたのか気になるし。一花さん、すごい退屈そうだったって言うから」

その言葉に潤は思わず鼻で笑った。

「それは、その場の誰もが予想した通りだろうね。あれだけ迷惑かけたのに、ほんと今更だよ」

だが、対する理央は不思議そうに首をかしげる。

「どうして? 迷惑かけたのは大谷の方でしょう?」

警察の発表では、大谷が犯人で菊池は被害者だ。それが正しくないとも言い切れないが、意図せずとも立てこもりの状況を作り出すのに菊池は片棒を担いでいる。何よりも、潤はアパートを出て行かなければならないほどの騒音被害を受けたことを忘れていない。

しかし、これらのことは理央には言っていないし、彼を悲しませるような事実は伝えないに越したことはない。

「あ、ああそうだったね。逆だ逆、大谷だ」

潤はニコッと笑ってごまかした。一度嘘をつくと決めたなら、最後まで貫かないといけない。

「ふーん」

理央は多少の違和感を覚えたが、大して気にしていないようだった。底に残った最後の一口をすくい上げ、口まで運ぶ。

ほっ、良かった。潤は胸を撫でおろす。しかし、話に夢中だったことにより、広がってしまった食のスピードに気が付いた。

あ、理央が食べ終わっちゃう！

彼はスッと大きな一口をすくい上げた。同じスピードで食べて、同時に食べ終わることが彼にとってのデートマナーだ。なんとかパクパク追い上げるが、理央は空になった器をテーブルに載せる。そして追い打ちをかけるように——、

「ああ残念だなぁ。おじいちゃんに何とか勝って欲しかった。事前に知ってたら台詞

とか考えてあげられたかもしれないのに」

「んぐっ、うっ。——は？　え？」

潤は一瞬、流動状に近いプリンを喉に詰まらせるところだった。何とか飲み込むと、眉をひそめて困惑したような表情を向ける。

「ん？」

理央は不思議そうに聞き返す。

「い、いや、え？　今なんて……」

潤も慎重に聞き返すと、

「ああ、俺が考えればよかったって。だって口説いた経験なら——」

と繰り返した。

「いやそこじゃなくて」

口説いた経験っていうのも気になるけど。

「勝ってほしかったって？」

理央が自身の発言を思い出しながら、今度は違う部分を繰り返した。

「そうそっち！　——え、おかしくない？」

まるであの場に勝者がいたかのような言い方だ。まるで、菊池が負けて、大谷が——。

「そお？　当然の反応だよ。勝ってほしかったに決まってるじゃん。よりにもよって、一花さんなんであっちを選ぶかなぁ？」

　まさかまさかまさか。潤はひどく動揺した。一瞬頭の中を、一花さんとあの憎き老人とが仲良く並ぶ映像がよぎる。実際一花さんにはほとんど会ったことが無いため、もはやイメージだが。いやいやありえない。あいつにハッピーエンドなんて！

「――りょ、両方断ったんじゃ……」

　そうだと言ってほしい。潤は恐る恐る聞くが、理央は首を横に振る。

「彼の長々とした身の上話を聞いて、彼女は一粒ツーっと涙まで流したとさ。そんな反応されたらもう無理だよね。嬉しすぎて感動？　ワイルドな人が好きだったのかな。ある意味奇跡って、ワッ!!」

　思わず潤の手から滑り落ちたそれは、部屋の中にバリンッと鋭い音を響き渡らせた。破片が飛び散り、カラメルやらカスタードやらが放射線状に散布する。理央は反射的に耳を塞ぎ、潤はプリンの変わり果てた姿に気づくと、ハッと両手で口を覆った。

　時が止まったように動かなくなった人間たちの傍らで、二匹の猫はぴょんっと高々飛び跳ねると、爪音をたてながら家具の隙間に吸い込まれていった。

同時刻の町の中心部、場面はにぎやかなビル街に移る。

送信ボタンに指を重ねると、華夜はスマホの画面を閉じた。ちょうど信号も色を変え、人が流れ始める。顔を上げた彼女も合わせるように一歩踏み出した。

念願の初裁判は先送り、仕事もしばらくは事務作業になりそうだ。しかし、代わりにあれはすごく楽しかった。隆雪にさんざん怒られたが、映像でしか見たことがないような体験ができたことで、彼女はとても満足していた。思い出を振り返りながら、弁護士事務所へと向かう。上機嫌に歩く彼女から、今にも鼻歌が聞こえてきそうだ。

事件は解決した。ただ、華夜には一つだけ気になることがある。彼の言葉に流した一花の涙だ。なんだか皆が受け取った意味とは少し違う気がしてならない。だからと言って、違和感の正体が何なのかまだはっきりしないのだが。今度機会があったら本人に聞いてみてもいいかもしれない。

彼女は映画館の前を通り過ぎる。するとちょうど、ビル上部にある大きなスクリーンに、今話題の作品が音声とともに大きく映し出された。道行く人の何人かは顔を上げる。

――真実はまるで映画のように。町のはずれで、孤独な女性は娘の忘れ形見を見つけた。美しく流れる、それは「一輪のナミダ」。

おわり

著者プロフィール

兎月 ぼたん（うづき ぼたん）

1999年生まれ。獣医学科の学生。飼い猫は茶トラ。東川篤哉先生の烏賊川市シリーズがとても好き。

猫は災いの元

2022年７月15日　初版第１刷発行

著　者　兎月 ぼたん
発行者　瓜谷 綱延
発行所　株式会社文芸社
〒160-0022　東京都新宿区新宿１－10－１
電話　03-5369-3060（代表）
03-5369-2299（販売）

印刷所　株式会社暁印刷

ISBN978-4-286-23720-6